ともだちは緑のにおい

工藤直子
長新太／絵

理論社

ともだちは緑のにおい

もくじ

であいのはじまり

緑いろの地球にむかって
太陽が
光のゆびをのばしてよびかけた
「いっしょに　あそぶもの
このゆび　とまれ」

そうか
あそびたがりの太陽は
こうやって
ともだちを　ふやすんだね

「このゆびとまれ」のあと

太陽の「このゆびとまれ」のあいずを、まずうけとったのは、川のながれであった。

川は、しぶきにまぜて、光をはねちらかし、鳥たちにつたえた。

鳥たちは「このゆびとまれ」をうたにした。

だからいま、みんなが目をさます。

みんなが、光のゆびのあいだで、ともだちをみつけてあそぶ。

おかげで太陽は、もうちっとも、たいくつなんかじゃない。

朝になると、あっはっは、と空にのぼり、夕方になると、うっふっふ、としずんでいく。

——きょうもライオンが、光のゆびにさそわれて、あるきはじめた。

朝の光のなかで

リボンのような朝の光がふりそそぐ草原をライオンが散歩している。

風が吹きぬけ、草の葉をゆすり、ついでにライオンのたてがみもゆすっていく。

どこまでもひろがる草原に、てんてんと木が茂り、ところどころ、小山のような岩や、ちいさな林もみえる。

空には、ざぶとんをならべたみたいに雲がうかび、はるかむこうを、川が光ってながれている。

(いいにおいの風だ)

ライオンは深呼吸して立ちどまり、あたりをみまわした。

木や岩のそばにいくと、あたまをこすりつけたくなるし、やわらかい草があると、ねころんでみたくなる――ライオンはなんでもためしてみるくせがあった。

だから、立ちどまったさきにころがっている、うずまき模様の石ころを、みのがすわけはない。

(ふしぎな模様の石だな)

あめいろに、つやつや光っている。ライオンは、ためしに、

その石ころを、ちょいとなめてみた。

すると石ころは、ころがりながら「おっおっおっ!」というではないか。

ライオンもおどろいて「おっおっおっ」とうしろにさがった。

「なんだなんだなんだ!」

石ころが、またさけぶ。

こんな石は、みたことがない。ライオンは腹ばいになり、石ころをみつめた。

石ころは、しばらくしんとしていたが、やがて、うずまきの入り口のカーテンがあき、目玉がふたつ、ツノのようにとびだした。

(おや、石ころではなかったのか。……それにしても、とびだ

す目玉なんて、かっこいいな）

ライオンはかんしんして、ていねいに、あいさつした。

「こんにちは。ぼくは散歩のとちゅうのライオンです」

とびだす目玉は、ライオンをよくながめ、それから、首をのばしてあいさつした。

「こんにちは。おれ、ひるねのとちゅうの、かたつむりです」

というわけで、ライオンとかたつむりはともだちになり、日なたぼっこをしながら、話をした。

ライオンが、かたつむりのことを、うずまき模様の石ころと思った、といったら、

「おれもあんたをみて、たてがみつきの、いさましい船かと思ったよ」

と、かたつむりもくすくす笑った。

「石ころが、おっおっ！　といったのにはおどろいたなあ」

「おれだって、きゅうに、背中をなめられておどろいた」

「あはは」

「あはは」

やがて、ふたりは、もうすこしそこらを散歩してみようということになった。

「ね、かたつむり」

「なんだい？」

「ぼくにのって、散歩しないか？　どこでもすきなところに」

「うん。……おでこがいいな。『いさましいライオンのおでこ』というのに、のってみたかったんだ」

「どうぞどうぞ。ぼくも『かっこいい目玉のかたつむり』を、おでこにのせてみたかったんだ」

日は、だいぶ高くなった。風が、さっさっと吹き、草原が波のようにゆれる。

草原の波をけたてる船のようにライオンがいく。

ライオンのおでこで、かたつむりは、首をのばし目玉をのばし、それはまるで、船のマストに光るランプのようである。

おでこ

ライオンが　とことこいくよ
おでこに　かたつむりをのせて
とことこ　いくよ
かたつむりの　おでこには
なにが　のっているかな？
おや　光のつぶがのっている

ライオンが　とことこいくよ
草原(そうげん)を　とことこいくよ
草原は　ひろびろ
地球の　おでこみたいだね

地球のおでこに　ライオン
ライオンのおでこに　かたつむり
かたつむりのおでこに　光のつぶがのって

とことこ　とことこ　とことこ
とことこ　とことこ　とことこ

風になる

（だれかといっしょに散歩（さんぽ）するって、いいもんだな）

ライオンは、しっぽを、ぱたぱたふった。

かたつむりを、おでこにのせていると、ひとりのときより、あっちもこっちもみえて、たのしみがふえるのだ。

「お、ここに花がさいている」

とライオンがみつけると、かたつむりが、

「あ、あっちに池がある」

と、みつけてくれる。

そこでまず、花のそばにいって、においをかぐ。

「いいにおいだね」

「すんすんするね」

つぎに池のそばにいって水あびをする。

「いいきもちだね」

「ひやっこいね」

ライオンとかたつむりは、雲のかたちについて、はなしあったり、風の吹き具合について感想をのべたりしながら、ぶらぶらあるいた。


しばらくいくと、林があった。

「すずしそうだね」

「いってみよう」

林のなかは、しんとしている。光も風も、ここではおとなしく、まるで緑いろのカーテンのなかに、はいったみたいだ。

「しずかだね」

「ねむくなるね」

しんしんとあるいているうちに、ふたりはみょうなものをみつけた。

木のあいだに茂(しげ)みがあるのだが、その、まるい茂(しげ)みから、ほそながくて茶いろいものが、ふたつ、つきでているのだ。

「なんだろう?」

「ぼく、なめてみようか」

ライオンは、また、ためしてみたくなっていった。

「いや、ライオン、こんどはおれにやらせて。おれ、こんなときは、ちょいと

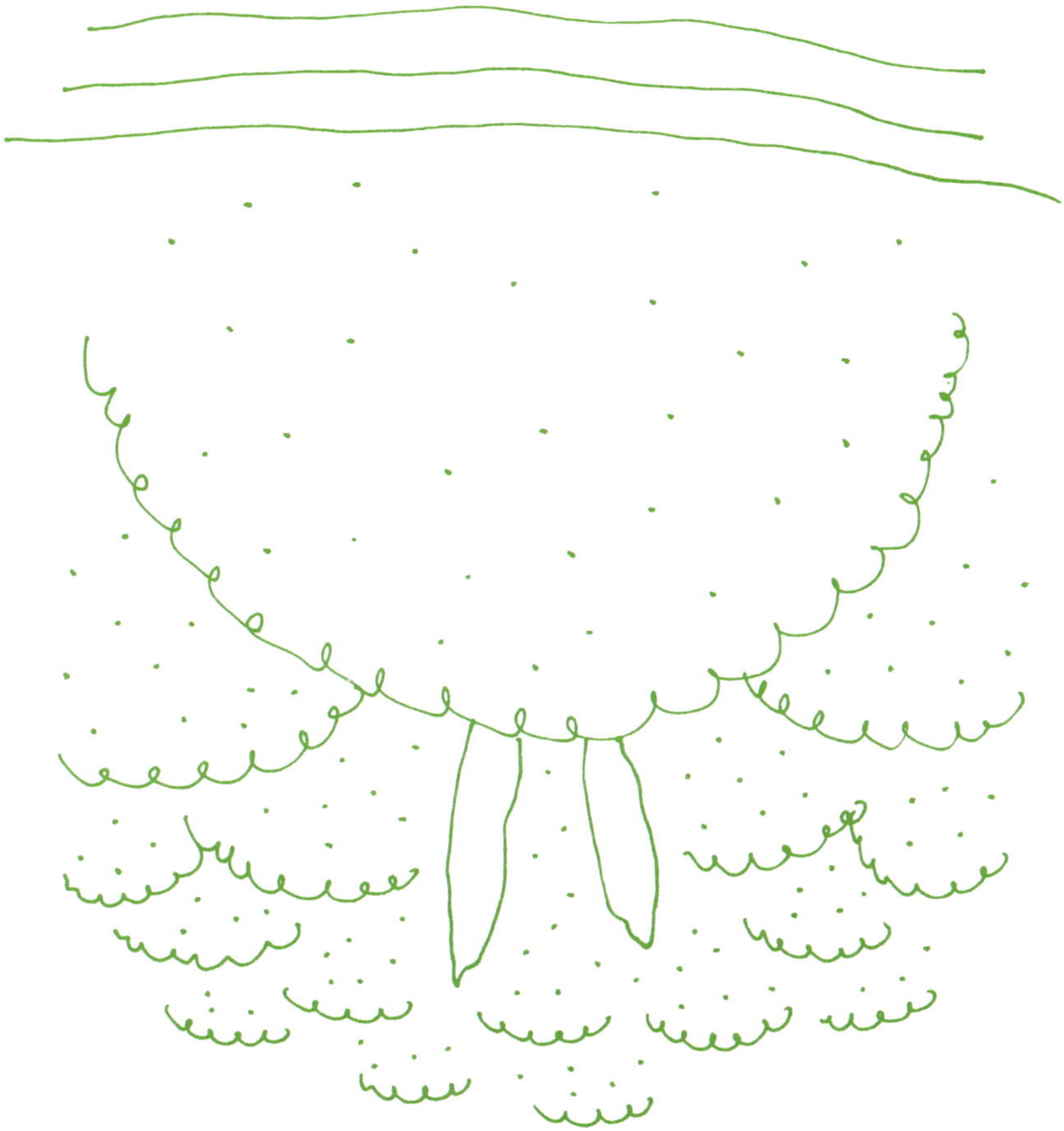

うたって、ためしてみるんだ」

かたつむりは、首をゆすって、ふふんふん、と鼻うたまじりで、よびかけた。

♪ふふんふんふ――ん
　そっこのぉ　茶いろいおかたぁぁ
　どちらさぁぁん　でぇすかぁぁ

ほそい声だが、よくひびいた。

すると、その「茶いろいおかた」は、ぴん、とまっすぐに立ち、それから、いそがしくぱたぱたゆれたかと思うと、茂(しげ)みからザザッととびあがり……と思ったら、ふたつの茶いろいもののしたに、顔がくっついてあらわれた。

ほそながい顔、ほそながい首。目をぱちくりさせて、「は、は、はーい」と立ちあがったからだは、むっくらしている。

「おっおっおっ」

ライオンとかたつむりは、あとずさりした。——こんなに「おおきなおかた」だとは、思わなかったもので。

「おっおっ、おれたち、散歩(さんぽ)のとちゅうの」

「ライオンとかたつむりです」

ふたりが、おどろきながらあいさつすると、その「茶いろいおおきなおかた」も、ふーっと息をついていった。

「ああ、びっくりした。耳のそばで、とつぜんうたがきこえるんだもの」

それから、耳をそろえておじぎした。

「こんにちは、ぼく、うとうとしていたろばです」

そこで、ライオンとかたつむりは、ろばとともだちになり、木(こ)かげでひとやすみした。

「ところでろば、あんたは、いつも茂(しげ)みのなかで、うとうとしているの？」

なんでも知りたいライオンがたずねた。

「ときどきね。風になりたいときなんか、さ」

「……風？」

「そう。……葉っぱのうらには、たいてい、ちいさな風がたまっているんだ」

「なるほど。そういえば、風のないときでも、葉っぱがゆれてること、あるな」

かたつむりが、うんうんとうなずいた。

「でしょ？　だから茂みのなかで、たくさんの葉っぱにつつまれていると、からだじゅうに風がしみこんでくるの」

「ひゃ、きもちよさそう！」

ライオンが、目をほそくしていった。

「うん。だんだん、じぶんがろばだか風だかわかんなくなって……そよそよして……すきとおって……うとうと……うとうと……」

ろばは、はなしながらうとうとしている。

「いいなあ。……ねえろば。ぼくも茂みにはいって風になりたい」

「おれもおれも。風になってうとうとしたい」

「うん。じゃ、みんないっしょにもぐりこめるとこへいこう」

ろばは、みんなを、すこしおおきな茂みにあんないした。

「では、と。ライオン、あんたはここ。それから、かたつむりは……この、葉っぱのあいだがいいかな。そしてぼくは、ここにもぐろう」

みんな茂みにもぐる。葉っぱがさやさやしたが、やがてしずかになり、ろばの声がささやく。

「いいかい。……息をすーっとすって、葉っぱのうらの風をもらうんだ。ほら、すーっ」

「すーっ」

「すーっ」

「それから、ほーっと、そよ風のように息をはく。はい、ほーっ」

「ほーっ」

「ほーっ」

「気分、どう？」

「うふふ、殻がすきとおるみたい」

「うふふ、たてがみが、そよそよする」

「風にだっこされてるみたいでしょ？」

「うん、風にだかれて……」

「ぼくたち、風のあかちゃんみたい」

林のなかは、また、しんとした。

茂（しげ）みから、ろばの耳がぴょこん、ライオンのたてがみがちらり。かたつむりは、茂みのまんなかに、おへそのようにぽちりととまって……。

みんな風になった。

だっこ

風は
いろんなものを
だっこする

風にだかれて
鳥は

空のゆりかごであそび
風にだかれて
花は
葉っぱをまくらにねむる

あ　いま
風がひろがった
地球をだっこするのかな

すきなもの

テーブルのまわりに、ライオンとかたつむりが、すましてすわっている。
きょうは、ろばに「ご招待」されたのだ。

ろばは、たいてい、なにもしないで立っているのだが、なにかやりはじめたとたんに、夢中になる。

きのう、ろばは、お菓子に夢中になった。（あれもつくろう）（これもつくってみたいな）（おや、これもおいしそうだ）……どんどんつくってしまい、ひとりではたべきれない。

そこで、みんなをご招待することにしたのだ。テーブルのうえには、お菓子が山のようにもりあがっている。

「さあどうぞ」

お茶をはこんできたろばをみて、ライオンとかたつむりは、目をまるくした。

ろばは、帽子（ぼうし）をかぶって、しずしずとあらわれたのだ。

「あれれ、みちがえちゃった」

「その帽子、どうしたの？」

「ぼく、帽子がすきでね、だいじな日には、帽子をかぶることにしているんだ。『ご招待』って、だいじでしょ？」

ろばは、帽子をつまんでおじぎをした。

「ほんとだ。帽子をみていると『ご招待』の気分になる」

ライオンが、帽子にみとれていった。

「うん。おれも、だいじなお客さまになったかんじがするよ」

かたつむりも、すわりなおしていった。

みんなは「けっこうなおあじですね」「もうひときれ、いかが」「それでは、おことばにあまえて」などといいながら、お菓子をいただいた。

たべおわったら、おなかがいっぱい。みんなが、お菓子のあじを思いだしながら、うとうとしていると、

「あ、そうそう」

といって、ライオンがむくりと起きあがった。

「ろばの帽子みたいに、ぼくも、すきなものがあるんだ」

「へえ、なんだろう」

「みせてほしいな」

「じゃ、もってくる」

ライオンは、うちまで走っていって、まるくてきらきらするものを、もってきた。

「ほら、これ」

まるくてきらきらするものは、ちいさな鏡（かがみ）だった。

「ぼく、鏡がすきなんだ。鏡をのぞくと、ぼくがもうひとりいるだろう？」

なかまがいるみたいで、にぎやかなのだそうだ。たてがみをとくのにも、鏡があるとべんりだし、

「にらめっこしたりして、あそべるんだよ」

「にらめっこ？　おもしろそう」

「おれにも、やらせて」

ろばとかたつむりは、鏡のなかのじぶんとにらめっこして、ぷっぷっと笑ってあそんだ。


「ええと。……おれにも、すきなものあるんだ」

鏡であそんだあと、かたつむりが、こほんと咳をしていった。

「なになに」

「みたいな」

「ええと。……これなんだけど」

かたつむりは、殻のなかから、辞書と日記帳をとりだした。

「おれ、なんでもはてな？　と思うたちでね、はてな？　のときには、辞書をしらべてみる。そして日記にかいておくんだ。……かんげきしたときなんかも、

日記はぴったりだねえ。おれ、きょうのこと、きっと日記にかくよ。いろいろかんげきしたから」

かたつむりは、うなずきながらいった。

「ふうん。字をしらべたり、字をかいたりするのか」

ライオンは、かんしんしていった。

「きょうの日記には、ぼくたちのこと、かくんだね。……じゃ、『ライオン』ていう字をかく？」

「かくとも」

「じゃ、『ろば』という字は？」

ろばも、いそいできいた。

「もちろんさ」

それからみんなは、じぶんの名まえの、かきっこをした。

「帽子（ぼうし）」とか「鏡（かがみ）」という字も、辞書（じしょ）をしらべて、かけるようになった。

すき・プラス・すき

雲は　空がすき
空は　雲がすき

草は　地面がすき
地面は　草がすき

ちょうちょは　花がすき
花は　ちょうちょがすき

すき・プラス・すき
イコール
あっはっは

文鎮かたつむり

「こほん、こほん、こほ……」

かたつむりは、まだ、かぜがなおりきらない。このあいだの地震で、殻にひびがはいってしまい、すきまかぜがひどいのだ。

「こほ……目ばりせねばならない。……ケ・ケン！」

「ケ・ケン！」というのは、咳のひどいほうのやつだ。

かたつむりは、棚のひきだしからビニールテープをだした。

「ケ・ケン！」

殻の外がわに、赤いのと緑のと空いろのビニールテープをはると、雑誌の口絵でよくみる、かっこいい応接間にある、でっかい机のうえにのせてある文鎮みたいになったので、ちょっとうれしくなって、ろばのところへ、みせにいった。

「文鎮」というのは、かたつむりの辞書によると、「紙や書物が、風などでちったりパラパラしたりしないように、おもしとしてのせておく道具」だ。文鎮は、いつもキリリと紙のうえにすわっている。ちいさいけれど、かっこいい。

「やあろば。こんにちは」

「やあかたつむり。こんにちは」

ろばは、ぼんやり立って、なにもしていなかった。

「ろば、おれの殻は、雑誌の口絵でよくみる、かっこいい応接間にある、でっかい机のうえにのせてある文鎮みたくなったろう」

ろばは、かたつむりを鼻にのせて、より目をしてみた。

かたつむりに、いっぺんにいわれて、ろばのあたまは、こんがらがった。けれど、かたつむりが、いま「つくえの……チン」みたいだ、というのは、よくわかったので、こういった。

「ああ、かたつむり。あんたのからは、ざっし……みる……に……デッカイ……にあるおおせつま……にあるつくえにのせる……チンみたく……ほんとによくなってる」

かたつむりは、文鎮の気分になって、ろばの鼻を、じっとおさえた。

ろばは、机のきもちになって、しみじみと「チン」のことを思った。

かたつむりとろばは、ながいあいだじっとしていた。

「ろば、おなかがすいてきた。もう帰ります。さようなら」

「さようなら、かたつむり」

ろばは、かたつむりをじっとみおくっていたら、だんだん、より目がなおってきた。


「こほん、こほっ。ケ・ケン！」

かぜはまだなおりきらないけど、まもなくよくなるだろう。

かたつむりは、腹筋(ふっきん)をつよくする体操(たいそう)をすこしやり、殻(から)の外がわを、もういちどよくみてから日記をかいた。

六がつついたち　くもり

きょうは　ぶんちんだった。

きょうは　ろばと　にさんはなした。
ゆういぎだった。
それからねむった。

♡（ウレシ）・💧（カナシ）・？（ハテナ）

かたつむりは、むかしの日記帳も、だいじにとってある。殻（から）のうずまきのおくのほうに、つみかさねておいてあるのだ。

日記の文章の横に、しるしがついていることがある。「♡」は、うれしじるし。うれしいきもちになりたいときには、むかしの日記をとりだして、♡のついているところをよむのだ。すると、笑（わら）えてきて、うたをうたいたくなる。

泣（な）きたい気分の日もある。そんなときは、日記のなかから「💧」――かなしじるしをみつけて、そこをよみかえす。すると、あとからあとから泣けて、泣きおわったあと、さっぱりするのだ。

「?」というのもある。これは、はてなじるしだ。はてな? と思ったところに、このしるしをつけておく。あとで、しらべたくなったときは、このしるしをさがして、じっくりしらべるのだ。

では、むかしの日記帳のなかから、♡・💧・?のついているところを、ひっぱりだしてみよう。

五がつ十八にち　はれ　♡

ひるねしていたら、殻のいりぐちに
かぜがふいて、ぼう、とおとがした。
ぼくは　がっきだった。

（この日、かたつむりは、いくつもうたをつくった）

八がつとおか　くもり　💧

おかあさん　おかあさん　おかあさん

（このページをひらくと、かたつむりは、いまでもすぐ泣ける）

十一がつみっか　はれ　？

おきてみると、
けしきが　はんぶんしかみえない。
なぜだなぜだとおもったら、
かたほうのめが、まだねむってた。

（かたつむりは、この日いらい「目玉の研究」をしている）

満月に手品を

ライオンは、ぽっかり目をさました。まだ夜中だ。

今夜は満月である。さっきまで、みんなといっしょにお月見をしていた。たのしかった。まだ胸がわくわくしている。

お茶もダンゴもおいしかった。かたつむりは、この日のためにつくった「おーい満月」といううたを、すきとおる声でうたったし、ろばは、パントマイムをやった。「まいごのカバの子」というのは、ころころして、しんみりしたし、

「おおいばりのハリネズミ」は、あんまりそっくりなので笑いころげてしまった。

なによりもうれしかったのは、ライオンの手品が、だいひょうばんだったことだ。この日のために、手品の本をよんで、ないしょで練習をかさねたし、「それっ」とか「えいっ」というかけ声も、いろいろくふうした。

黒いマントをひるがえして、なにもないところから、するすると旗をひっぱりだしたときの、ろばのびっくりした顔といったら！　かたつむりは、トランプ手品のほうに夢中になった。もういちど、もういちど、と何回もせがんだほどだ。


（おもしろかったな。今夜のお月見は）

ライオンは、まんぞくそうにため息をついて、ねがえりをうった。

窓から、まぶしい月の光が水のように、さらさらとながれこんでいる。

（みんなねむってしまったけど、お月さんは、まだ空のうえをあるいているん

だ）

ライオンは、もういちど月にあいたくなったので、ねむるのはやめにして、夜の散歩(さんぽ)をすることにした。

（わ！）

外はいちめん銀の光がちらばっている。だれもいない草原(そうげん)が、ひんやりした風に吹(ふ)かれてゆれて、海のようにうねり、まうえの満月(まんげつ)は、まるで、おおきなかがやく目が、みおろしているようである。

（わあい）

ライオンは、月にみつめられながら、草原の海を走った。むこうのはしまでいって月をみあげると、月もいっしょに走って、ついてきているようである。

（わあい）

こんどは反対がわに走った。月も、ライオンをおいかけてくる。

（わあい、わあい）

ライオンは、草原じゅうを走りまわり、月とかけっこをした。

たっぷり走ったあと、あしをそろえ、しっぽをまるめてすわり、すこしハアハアしながら月をみあげると、月はやっぱりライオンのそばにいて、もっとあそぼう、というようにみおろしている。

（そうか。お月さん、空でひとりぼっちだもんな。……あっ、そうだ）

「お月さん、まっててね」

ライオンは、そういってうちにもどり、マントと手品の道具をもってきた。

「では、手品をしますね。お客さまは、お月さんひとりだよ」

ライオンは、かたつむりやろばにみせた手品を、もういちどやった。

旗（はた）だし手品、トランプ手品。……まんまるい玉が、あらわれたり消えたりする手品のときは、月も、目をまるくして、拍手（はくしゅ）したようだ。

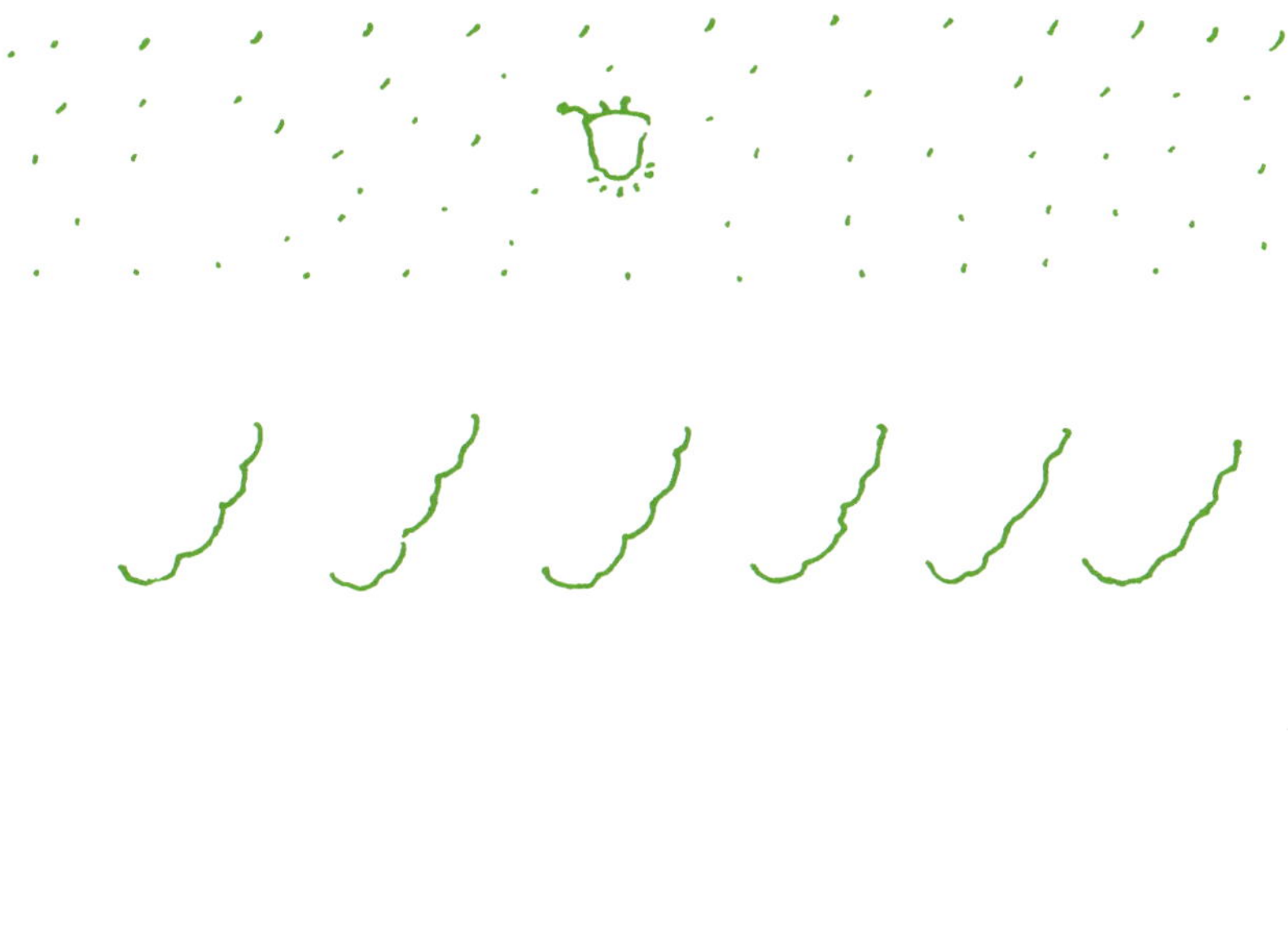

ひもを切ったりつないだり、つぼにどんどん水をそそいだり……。手品のたびにライオンはかけ声をかけ、ひとつおわるたびに、月にむかって、おじぎをした。

「さて、いよいよさいごは、とっておきの手品です！」

月にむかっておおきくおじぎをしたあと、ライオンは花たばをだす手品をした。これは、いちばんむずかしかったけど、いまでは、どんなところからでも、どんどん花たばがだせる。ライオンの、とくいわざである。

「それっ！」

くるりとまわってマントがゆれて、まずライオンは、たてがみのなかから、ぱっと花たばをだした。

「ほらね、すごいでしょ。はい、どうぞ」

空の月に手をのばして花たばをさしだすライオン。

「つぎは、ここから。えいっ！」

おや、ひげのさきから花たばがあらわれたよ。

「はいどうぞ」

おへそから、わきのしたから、背中(せなか)から……いろんなところから花たばがあらわれ、そのたびに、

「はい、お月さん、どうぞ」

しっぽのさきから、すぽんと花たばがでてきたときは、月も、おもわず笑(わら)ってしまったようだった。


月はますますかがやき、あたりはいよいよしずかである。

草原には、手品つかいのライオンが、花たばを月にささげながら、きらきらとうごいているばかり——。

わたぐもはかたる

いやあ、あたしゃ、うとうとしてたんです。ひるま、風と走りくらべしすぎたもんで、ふかふかにつかれちまってね。

ところが、だれかクックッと笑ってるんですね。みるとお月さんなんです。雲のかけらを口もとにあてて笑いながら草原をみている。

なにかと思ったら……そう、ライオンだったんです。……はねまわるやら花たばだすやら……。

つられてみてたら、あたしもおもしろくてね、目なんかすっかりさめちゃって、とうとうさいごまで、みてました。

いやあ、たいしたもんです、ライオンの手品は。ポーズもなかなかきまっていましたしね。いつか、あなたもぜひ、みるといい。

さて、と。あたしゃ、ちょっとひるねしてきます。なんせゆうべ、ねむらなかったもんで。

ライオン？　あいつもどこかでねむってますよいまごろ。だって、ゆうべ、あんなにはりきってたもの。

とくべつていねい、ていれの日

歯をみがいたり、顔をあらったりするのはまいにちのことであるが、ろばは「とくべつていねい、ていれの日」というのをつくっている。

一、鼻のあなを、ひらいたりとじたりして、空気がよくとおるようにする。

一、ひづめをみがいて、いい音がでるようにする。

一、目の玉をぐるぐるまわして、けしきがよくみえるようにする。

などなどである。

どんなていれをするかは、その日の天気や気分できまる。

ある日、ろばがぼんやり立って、なにもしないでいると、やわらかい風が吹いてきて、耳がくすぐったくなった。そこできょうは、耳の「とくべつていねい、ていれの日」にしようと思った。

ろばは、日だまりに耳かきセットをもちだして、ていれをはじめた。

まず、耳かきで耳のあなをそうじする。

（くすぐったい。ひゃっひゃっひゃっひゃっ。でも、きもちいい）

つぎに、おおきなブラシでこすると、耳がぱたぱたゆれて、耳にくっついていた草の実や、葉っぱのかけらがとれる。

それから、ちいさなブラシで、耳のくぼみや、耳のふちを、ていねいにこする。ついでに、かゆいところも、ちゃっちゃっとこする。

（ひりひりしちゃう。でも、きもちいい）

さいごは、つやだし布（ぬの）でこすって、しあがりである。

（はい、おわり）

ろばは、ていれしたばかりの耳をそろえて、まえにむけた。

風が、さらさらと耳をなでていき、遠くのちいさな音まで、くっきりきこえる。

耳をあちこちまわして、いろんな音をきいていたら、ひるねから起きたライオンが、おおきなあくびをしているのがきこえた。

（あ、もしかして、ライオンも耳かきしたいかもしれないな）

ろばは、耳かきセットをもって、ライオンのところへでかけた。

「こんにちは、ライオン。もしかして、耳かきしたくない？」

「やあ、ろば。……耳かきって、どんなかんじ？」

「ひゃっひゃっひゃっ、ってなってね、ひりひりしちゃってね、でも、きもちいいんだ」

「あ、それ、やってみたい」

「よし、じゃ、ねころんで」

ライオンは、ころんとねそべって、耳のあなを空にむけた。

空では雲が、えんそくにいくみたいに、あとからあとからつづいている。

ろばは、まず耳かきで、ライオンの耳のあなをそうじした。

「くすぐったい。ひゃっひゃっひゃっ。でも、きもちいい」

ライオンは、ひげをふるわせた。

「な？　つぎはブラシだよ」

おおきなブラシでこすると、ライオンの、スプーンのような耳が、ぱたぱたゆれる。ちいさなブラシで、ちゃっちゃっとこする。

「ひりひりしちゃう。でも、きもちいい」

ライオンは、目をとじた。

「な？　さいごは、つやだし布(ぬの)でこすって、と。……はい、おわり」

「やあ、ぼくの耳、あたらしくなったみたい」

ライオンとろばは、ならんですわり、耳をそろえて、ぴんと立てた。

風が、草や木の葉をそよがせながら、ふたりの耳もとまでやってくる。

「いい風だね」

「はっかみたいに、すかすかするね」

「いろんな音が、よくきこえるね」

「そこらじゅう、音がするね」

あっちでだれかが、水をごくんとのむ音がする。そっちのほうから、ひるねのねごとがきこえてくる。

空から、わたぐものふくらむ音。土のしたからは、木のねっこののびる音……。

「きこえるね」

「いっぱいね」

ふたりは、目をとじて耳をすませた。

——しばらくすると——。

「あれはなんだ?」

ライオンが、片目(かため)をあけて、ろばをみた。

「ああ。……きっと」

ろばも、片目をあけて、ライオンをみた。

むこうの岩かげあたりから、銀の線のような声がきこえてくる。

♪ドーレーミーファーソーラーシードー〜〜〜

発声練習をしている。

「な？」

「な！」

ライオンとろばは、両目をあけてうなずいた。

「かたつむりだ。これからうたうつもりなんだ」

「あたらしいうたをつくって、うたうんだ」

かたつむりは、あたらしいうたのときは、いつも、まず発声練習をするのだ。

「きょうは、とくにきれいな声だね」

「きっと、いいうたができるよ」

かたつむりの発声練習をきいているうちに、ろばがいった。

「ねえ。かたつむりに、耳のうた、つくってもらわない？」

「そりゃいい。ぼくたちの、きょうの耳をみたら、きっといいうたつくってくれるよ」

「いこういこう」

「いこういこう」

ライオンとろばは、耳を、かたつむりの声のほうにむけて、あるきはじめた。

♪ミミのうた

かたつむり作

ドレミ　ミミ　ミミ
ドレドレ　ミミミ
ミレド　ミレド　ミミ
ミミファー　ミミ
ドシドシ　ミミ　ミミ
ソラソラ　ミミ　ミミ

ミミラシ　ミミラシ
ファー　ミミミ！

夕焼けの丘で

しゃん・しゃん・しゃん・しゃん……。
ライオンが、ちいさなかけあしで、走っていく。
夕焼けがきれいなので、丘にいって、日がしずむのをみようと思ったのだ。
しゃん・しゃん・しゃん・しゃん……。
空は、赤いマントのようにひろがり、ライオンの背中も、赤くそまっている。
走るたびに、たてがみもしっぽも、しゃんしゃんゆれて、きもちがいい。

しゃん・しゃん・しゃ……ん？

ライオンは、なにかみつけると、そのたびにちょっと立ちどまってみる。

しゃ……ん？　くんくん。しゃ……ん？　ごしごし。しゃ……ん？　ちょいちょい。

花のにおいをかいだり、木にからだをこすりつけたり、草をかきわけたり、なかなかいそがしい。


(ああ、きれいだった。……さて、と)

丘のうえで夕日をながめ、しゃんしゃん帰ろうとすると、またなにかいる。

(なんだろう。……石ころ……じゃないよな)

石ころみたいなものは、しくしく泣いているようである。

(石ころが泣く、なんてなあ。……それに……)

かたつむりでもない。かたつむりなら、よく知っている。

ライオンは、そばにちかづいて腹ばいになり、ちょん、とさわってみた。

すると石ころが、きゃっといって、アザミの花みたいに、ぱっと毛をひろげた。


……と思ったら、ライオンをじっとみて、毛をとじた。……と思ったら、

「おとうさん！」といって、ころころかけよってくるではないか。

「おっとっと。……ぼく『おとうさん』じゃなくて『ライオン』なんだけど」

ライオンは、鼻によじのぼろうとする石ころを、びっくりしてながめた。

石ころは、ハリネズミのこどもだった。たてがみにつつまれたライオンの顔を、おとうさんと思ったらしい。

「おとうさん。しくしく。ひとり……」

「ああそうか。まいごになって、ひとりぼっちだったんだな。よしよし。……

ぼく、ライオン、ね。よろしく」

「おとうさん。くすん。さびし……」

「さびしかったんだね。もうだいじょうぶだよ。……ぼく、おとうさんじゃなくてライオンだけど」

「おとうさん。こわ……」

「ああ、こわかったのか。……さ、もう泣(な)くな。うちへつれていってあげるから」

ライオンは、ハリネズミのこどもをおでこにのせて、うちまでおくりとどけることにした。

「おとうさん。おうち」

ハリネズミのこどもは、おでこのうえで、はしゃいでいる。

「あはは。おとうさんじゃなくて、ぼく、ライオン」

「ラ……イ?」

「そう。ライオン、だよ」

「ライオー?」

「ううん、ラ・イ・オ・ン」

「ラ・イ・オ……とうさん!」

「あはは、ライオとうさん、か」


しゅっ・たかた・しゅっ・たかた……。

ハリネズミのこどもを、おくりとどけたあと、すっかり日が暮れた草原(そうげん)を、ライオンが、おおきなかけあしで帰っていく。

(ぼくが、ライオとうさんになったこと、ろばとかたつむりに、はなさなくっちゃ)

しゅっ・たかた・しゅっ・たかた……。
みんなにはやくあいたくて、わきめもふらず、走る走る。
しゅっ・たかた・しゅっ・たかた……。
月が、ぽっかりではじめた。

ハリネズミとうさんのお礼のてがみ

はいけい

せんじつは、とてもとてもとてもとても
とてもとてもとてもとてもとてもとても
とてもとてもとてもとてもありがとう。

けいぐ

ハリネズミより

ライオンどの

名ふだの旗

「よっこらしょ」

かたつむりは、木の枝にこしかけ、首をのばして、あたりをながめた。

ここはすずしいし、まわりのけしきもよくみえる。

「ここ、いいな。おれのうち、しばらくここにきめた」

そうつぶやくと、かたつむりは、殻のなかから空いろの旗をだして、そばの木の枝にくりつけた。

かたつむりは、いったさきが、そのままじぶんのうちなので、どこかにおちつくと、そこに名ふだのかわりの旗(はた)をだすのだ。ライオンやろばは、かたつむりのところにあそびにいきたいときは、この旗を目じるしにする。

かたつむりの旗は、ぴかぴかの青空から、ハサミで切りとったように、まぶしくゆれて、どこからでもよくみえた。

「ふむ。なにか……たりない」

かたつむりは、ぱたぱたゆれる旗をみて、つぶやいた。

「なにか、たりないんだよな、やっぱり」

かたつむりは、この、空いろの旗が、たいへん気にいっている。が、なんとなく、ものたりないような気もしていた。

なにがたりないのだろう。旗を、あっちからみたり、こっちからみたりしていたが、そのうち、

「そうか。わかった」

かたつむりは、大声をだした。

「わかった。名まえがたりないんだ。だってこれ、名ふだ、だもんな。名まえをかかなきゃ、ただの『ふだ』だもんな」

そこで、かたつむりは、空いろの旗に、名まえをかくことにした。

しかし、ただ「かたつむり」とかいたのではつまらない。

かたつむりは、じぶんはなかなか「フクザツ」だ、と思っているから、名まえもフクザツなものにしたいのだ。

「フクザツ」というのは、こみいってて、いりくんでいること

である。

かたつむりは辞書（じしょ）をだして、フクザツなかたつむりに、にあいそうな名まえをさがしはじめた。

「こんにちは、かたつむり。……なにをしているの」

ろばがやってきて、辞書をのぞきこんだ。

「やあ、ろば。旗（はた）に名まえをかくの」

「ふうん。なんてかくの」

「そこなんだ。㋕とか、『かた・つむり』っていう名まえじゃなくてさ、もうすこし、おれらしく、フクザツな名まえにしようってね、いまさがしてるところなんだ」

「みつかった？」

「うん。……ええとね、おれのこと、くわしくいうと『腹足類柄眼目』というんだ。だから『ふくそく・へいがん』とかさ」

「すごい」

「おれはまた『軟体動物』でもあるわけね。だから『ナンタイムリ』とかさ」

「かっこいい」

「それからまた、おれのあだなは、デンデンムシとかマイマイっていうの。だから『カタツムーリ・ド・デデマイ』とかさ」

「じょうひん！」

「いろいろかんがえて、まよってるところなんだ」

「そうかあ」

ろばは、かたつむりをながめ、つぎに空いろの旗をながめ、それからもういちど、かたつむりをながめていった。

「ねえ、かたつむり」

「うん？」

「あんたにはじめてあったとき、いちばん目についたのは、その、殻（から）のぐるぐるの、うずまきなんだ」

「ほほう」

「とてもりっぱなぐるぐるでね。いまでもみるたびに、うっとりするよ」

「うふふ」

「目をとじて、あんたのこと思うときだって、ぱっとうかぶのは、ぐるぐるぐるってとこさ」

「あはは」

「だからさ、名まえというのは、ぐるぐるっと、うずまきかくのってどうかな」

「なるほど」

「『フクソ……』とか『ナ……ムリ』とか『ド・デデ』なんかだと、ぼく、むずかしくて。あんたのところへくるのに、道にまよっちゃいそう」

「それはこまる」

そこで、かたつむりは「フクザツ」はやめにして、オレンジいろで、ぐるぐるっと、うずまきをかいた。空いろの旗のなかで、オレンジいろがぐるぐる光って、うまれたての太陽のようである。

「きれいだよ。かたつむり」

「うん。なかなかのものだね」

ぱたぱたゆれて光る、オレンジぐるぐるまきをみつめていると、ろばは目がまわってきた。そこで、うちに帰って、ひるねすることにした。

「かたつむり。ぼく、ひるねしてきます」

「いってらっしゃい」

ろばは、帰るまえに、ちょっと知りたいことがあったので、

「ねえ、かたつむり」

と、もういちどいった。

「なんだい？」

「ぼくのことも、あんたの『フクソ……』みたいに、くわしくいえるのだろうか」

「いえるともさ。……どれどれ」

かたつむりは、もういちど辞書(じしょ)をしらべた。

「ええと、……きみは『哺乳類奇蹄目(ほにゅうるいきていもく)』というんだ。きみもなかなか、フクザツだなあ」

「ホニュ？……ふうん。あんたが『フクソ』で、ぼくが『ホニュ』かあ」

ろばは、フクザツになったので、きょうはとても勉強をしたような気分である。

「じゃ、さようなら、フクソ」

「さようなら、ホニュ」

目がまわってフクザツなろばは、すこしあしをよろけさせ、ホニュ、ホニュ、ホニュ、とつぶやきながら、帰っていった。

名まえ

おおきなものにも
名まえが一こついている
「宇宙（うちゅう）」…なんて

ちいさなものにも
名まえが一こついている

「ミジンコ」…なんて

「宇宙」と「ミジンコ」が　であって
やあ、と
あいさつしたりなんかしている

憂(うれ)いのライオン

いつだって、鏡(かがみ)をだして顔をうつすのがすきだが、ライオンは、風のつよい日は、とりわけていねいに鏡をみた。

へんなぐあいに、たてがみがみだれるのが、いやだからだ。――みだれる、といっても、ときどき、ぐしゃぐしゃになったぐあいが、とてもかっこよくなることがある。そのときは、そっとしておく。そして、これいじょう、風にみだされないように、岩のくぼみに、じっとしゃがんでいる。

ライオンは、きょうも鏡をのぞいた。鏡のなかに、ライオンのひらべったい鼻と、青空がうつった。きょうは、表情(ひょうじょう)の練習をすることにした。

まず、口をあけたり耳をうごかしたり、ひげをそよがせたりする。そして、そのとちゅうで、ぱっと顔のうごきをとめて、なんの表情だろう、とかんがえてみる。

「よろこんでいる顔」「ねむい顔」「泣(な)いた顔」「おこっている顔」……など、いろいろできた。

そのなかでも、とくに「憂いの顔」というのが、ライオンの気にいった。ゆううつそうな、かなしそうな、こまっているような……そんなのがまじりあった表情だ。

「憂いの顔」は、鼻のあたまにしわをよせ、耳をたらし、舌(した)をすこしだして、ひげをふるわせるとできあがる。

（とてもさびしそうで、しかも美しい！）

ライオンは、かたつむりに「憂いの顔」をみてもらうことにした。


かたつむりは、腹筋運動を、やりおわったところだった。

ふたりは、お茶をのみながら、あれこれと話をした。

やがてライオンがいった。

「ねえ、かたつむり」

「なんだい？」

「ぼくの、この顔、どんなふうにみえる？」

ライオンは「憂いの顔」をしてみせた。

かたつむりは、じっとライオンの顔をみつめた。

「ああ。きみはとてもおなかがすいているんだね。空腹（くうふく）のライオンは、そんな顔をしてるって、おれ、なにかの本でよんだことがある」

そういわれてライオンは、おなかがすいていることに気がついた。

「あたった。これ『おなかすきの顔』なんだ。さっき、鏡（かがみ）みて練習したんだ。……ぼく、ごはんたべてくるね。さよなら」

「さよなら、ライオン」

ライオンは「憂（うれ）いの顔」を、もういちど練習してみようと思いながら、ごはんをたべに帰った。

ライオンの鏡(かがみ)

──ずっとむかし、草原を散歩(さんぽ)しているとき、ひろったものである。葉っぱのあいだで、きらっと光っていた。水たまりかな？　と思ってちかよったら、この鏡だったのだ。

──鏡は、まるでライオンの顔にあわせたようにまんまるだ。ヘアブラシとセットにしてだいじにしている。

──ひるねからさめて、はなしあいてがほしいときは、鏡をのぞきこみ、

「やあ」という。鏡(かがみ)のなかのライオンも「やあ」とこたえてくれる。

——ときどき、太陽や月にむかって「ほら」と鏡をみせてあげる。すると、太陽や月も、鏡をのぞきこんで「やあ」と笑(わら)っているようだ。

夜あけ

かたつむりが、地面にくわしいことといったら、それはたいしたものだ。からだぜんぶをつかって、ゆっくりゆっくり。まるで地面と、おしゃべりをするように散歩する。だから、地面のうえの砂つぶやコケなどは、かたつむりとなかよしである。

ゆうべから、いちめんに霧がたちこめている。こんな日には、かたつむりは、まだくらいうちから目がさめる。殻の、内も外もしっとりして、のびのびいいきもち。はやくからだをうごかしたくなるのだ。

きょうも、いい天気になりそうだ。みんなとあそびたいと思うが、ライオンもろばも、まだねむっているだろう。

かたつむりは、霧にぬれた殻を、きゅっきゅっとみがき、腹筋運動をしてから散歩にでかけることにした。

まず、うんと背をのばし、目玉をくりくりまわして、まわりのようすをみてみる。すると、地面のあちこちが、たいくつしたり、さびしがったり、よろこんだりしているのがわかる。

「きょうは、たいくつ、のところによって、さびしい、にまわり、それから、よろこび、のところで、ひとやすみしよう」

そうつぶやいて、かたつむりはあるきはじめた。

霧がかかったり晴れたりして、けしきがミルクのようにやわらかい。露(つゆ)が鈴(すず)のようにぶらさがった草のあいだをとおりぬけて、たいくつしている地面のところまでくると、そこには、かたつむりの殻と同じくらいの石ころが、たいくつそうに、ころんところがっていた。

そこで、かたつむりは、石ころと、おしくらまんじゅうをしたり、いないいないばあ、をしたりしてあそんだ。

たっぷり汗(あせ)をかいたあと、さびしがっている地面にむかった。なめらかなコケの道をいくと、草もはえていない、ちいさなくぼみがある。そのくぼみは、だれもきてくれないので涙(なみだ)ぐんでいるようだ。

かたつむりは、くぼみにしゃがんで、こもりうたをうたった。

しばらくすると、

(この地面、安心してねむったみたいだな)

と思えたので、かたつむりは、しずかにくぼみからはなれて散歩(さんぽ)をつづけた。

霧(きり)はすこしずつ晴れてくる。風も目をさましたらしく、あたまのうえで木の葉がゆれはじめる。もうすぐ夜あけだ。

茂(しげ)みをくぐりぬけると、ぽっとあかりがともっているようなところがある。よくみると、ちいさな花のつぼみが、ひらこうとしているところだ。

(だからここの地面は、こんなによろこんでるんだね)

かたつむりは、花のそばへいって、じっとひらくのをまった。

あたりがだんだんまぶしくなる。それにあわせて、つぼみもすこしずつふくらむ。

(花・花・ひらけ。花・花・ひらけ……)

息をつめてみまもるかたつむりのまえで、とうとう、ぱっと花がさき、あたりにいいにおいがひろがる。

「きれいだなあ。まるで光のかけらだ」

かたつむりはため息をついて、花をあっちこっちからながめた。

(ライオンとろばにも、みせたいな)

そこでかたつむりは、花のそばに名ふだの旗(はた)をかかげ、みんなのくるのをまつことにした。

日がのぼりはじめた。かたつむりは、さいたばかりの花のしたで、うとうとしている。まるで、かたつむりが地面にだかれているみたいだ。

……ライオンとろばは、まもなくやってくるだろう。

さびしい地面へのこもりうた

たっぷり　なきな
ゆっくり　なきな
ないて　ないて　なみだの露（つゆ）で
たんぽぽわたげを
ぬらしてあげな

たっぷり　ねむりな
ゆっくり　ねむりな
ねむって　ねむって　ねむりのかごで
もこもこ　もぐらを
ゆすって　やりな

ろば　あるく

ろばは、きょうはライオンのところへいってあそぼうかと思った。

時計をみると、ひるすぎで、ちょうどライオンがひるねしている時間だ。ねているライオンを起こそうと思うと、一時間ほどかかるからこまる。

（……そうだ。ライオンのところまで、うんとゆっくりあるいていこう）

そうすれば、ちょうどライオンが目をさますころにつくだろう。

ろばは、「ゆっくりあるき」をはじめた。やってみると、なかなかむずかしい。すぐ「トコトコあるき」になって、これでは、あっというまにライオンのところに、ついてしまう。

そこで、できるだけ同じところであしぶみしたり、よろけて、ちょっとうしろにさがったり、おっとっと、と、つまさきであるいたり、ぽんととんだりしてみた。

(うん。これならなかなかさきへ、すすめない)

いろんなあるきかたをすると、そのたびにひづめの音が、ちがってきこえる。「ポコポコ」「トントン」「コトコト」「カツカツ」……。「ガバッ」とか「カポランッ」なんて音もまじったりする。

あるきかたの順ばんをかえてみると、ひづめの音のつながりぐあいがおもしろい。

ポコポコ・トン・コツ
カポラン・トン
トントン・コトコト
カツ・トン・ガバッ

（ふふふ。うたのようだ）

そこでろばは、ひづめうた、というのをつくることにした。ひづめの音のあいだに、かけ声をいれると、ますます、うたらしくなる。

ろばは、まず、いさましくあしぶみし、うしろあしを、ぽんとけりあげたりなどしてみた。すると、ひづめの音がひびきわたり、とても元気になる。

（いい調子。これ、「ひづめげんきうた」だ）

「ひづめげんきうた」は、こんなふうである。

ありゃりゃん　ポッコン
カッポカッポ　いえい！
パッカラ　パッカラ
おう　げんき！

ろばは、つぎに「ひづめさびしうた」をつくろうと思った。

うつむいて、おおきなため息をつく。しっぽもだらりとさせて、よろよろっと、よろける。ひづめをちいさくならし、ときどき、あとずさりしたりもする……。と、こんなふうになった。

ふう…ポコタ
ほう…コトトン

ガタンコ・コトリ…

はあ…さびし

このあるきかたを、いつまでもつづけていると、ほんとに泣(な)きたくなってしまう。

よし、それでは、と、ろばは「ひづめおこりうた」をつくってみることにした。

首をもちあげて、たてがみを、ぶん、とふる。鼻のあなをひろげ、まえあしで地面をガツンとたたく。

そうやってあるくと、こんなうたになった。

ぬ！　パコン！

ゴツンコ　ふん！
ポカポカ　ポッカン
やっ　ぷんぷん！

ろばは、ライオンのところへつくまでに、とてもたくさんのひづめうたをつくったが、そのぶん、とてもヨレヨレになった。

やっとライオンのところにきたら、ライオンは、ちょうどひるねからさめたところだ。

「やあ、ライオン、あそぼう」

「やあ、ろば、あそぼう」

「ぼく、ひづめうた、いっぱいつくった」

「じゃ、それ、きかせて」

「うん……」

と思ったけど、ろばはあしがつかれて、ねむい。そこで、はんぶん目をとじて、くらり、よろろ、とよろけたり、ひざをついたりしながら、こういった。

「ええと……ひづめ……ねむり……うた」

コトリコ…すうすう
トタン…コロン
ゆーらり…コントン
おやすみ…ポテン

ライオンのひざのあいだでねむってしまったろばをながめているうちに、ライオンもねむくなってきた。

そこで、もういちど、ねむることにした。

ひづめうた　いろいろ

♪ひづめすねうた

カッポン　ベー
コッ　ツンツン
ぷいトコ　ぷいトコ
ちえっ　コツーン

♪ひづめすきうた

ぽっ　ポコリン
トン　トコトコ
いそトタ　いそトタ
まっ　うれし！

♪ひづめがんばりうた

むっ　カンコン
コツコツコツ

ガツンコ　ガンガン
えいえい　おう！

ふたたび憂(うれ)いのライオン

ライオンが目をさますと、ろばはまだ、ねむっている。

そこでライオンは、ろばが起きるまでのあいだ、鏡(かがみ)をみてもういちど「憂いの顔」の練習をしようと思った。このまえ、かたつむりにみせにいったあと、なんどもためしているのだが、うまくいかないのだ。

鏡をのぞくと、はればれとした青空をバックに、金いろのたてがみが、まぶしく光っている。

ライオンは、いままでにさびしかったこと、かなしかったことなど、しんみり思いだしてみた。そして、鏡(かがみ)をのぞきこんだ。すると、目がちいさくほそくなって、まつげのかげに、かくれている。

（そうか。さびしいと、目がかくれるのか）

ライオンは、たてがみをまえにたらして、目をもっとかくしてみた。すると、鼻と口だけがみえて、じつにさびしそうである。

（なるほど。これこそ「憂(うれ)いの顔」なんだ。キマリ、だな）

ライオンは、ろばが目をさましたら、まずこの顔をみてもらうことにした。そこで、たてがみをまえにたらし、目をほそくしたまま、ろばが起きるのをまった。

ライオンのまえにおいてある鏡は、あとからあとからながれていく雲をうつ

し、草むらを風が吹きぬけて、あたりはしずかだ。ろばがすうすうねむる音だけがきこえる。

(はやく、ろば、起きないかな。はやく、この顔をみせたいな)

ライオンは、鼻をむずむずさせてがまんした。

やっと、ろばが目をさました。

「あっ、ろば、起きたかい。ね、ね、みて！　ぼくの顔、みてみて！」

ライオンは、大声でいって、ろばのまえに、顔をつきだした。

「うん？　ふわぁぁい？」

ろばは、おおきなあくびをしてすわりなおし、目のまえのライオンを、じっとみた。

「あんたの……顔？」

「そうそう。これな、『憂いの顔』なんだ。じつによくできてるだろう」

ライオンは、よくみてもらおうと、もっと顔をちかづけた。

「うれ……うれ……、ウレの顔？」

「そうそう」

ろばは、より目になって、ライオンをみつめ、それからいった。

「ウレの顔……ほんとだ、『ウレシイ顔』してる」

「ありゃ？」

ライオンが、いそいで鏡（かがみ）をみてみると、いつのまにか、たてがみが、うしろにはねあがっている。顔がまるみえだ。目もおおきくまるくなり、きらきらしている。どうも、ろばが起きたとたん、「憂いの顔」がくずれてしまったらしい。

「……あた……った。これ『うれしさの顔』なんだ。鏡で練習したんだ」

ライオンは「うれしさの顔」のまま、ろばとあそぶことにした。

そして、「憂（うれ）いの顔」は、ひとりぼっちのときのために、とっておくことにした。

憂（うれ）いのわたぐも

ぶらぶらと
空いっぱい
笑（わら）いとばしているけれど
わたぐもだって
せつないときがある
そんなとき　わたぐもは

山にこしかけて
うつむいたりしている
地平線にねそべって
ためいきついたりもする

そんなわたぐものそばで
太陽が
なぐさめていたりする

マシュマロろば

（こうやって、それからこうして。……こっちからみると……）

ろばが鏡をのぞきこんでいる。

このまえ、ライオンから鏡をかりてきたのだ。ライオンみたいに、表情の練習をしてみたくなったので。

おそわったとおりにやってみる。鼻にしわをよせたり、耳をうごかしたり……。

とちゅうでとめて、なんの顔だろうとかんがえてみる。

だが、どうやっても、おおきな目が、鏡のまんなかで、うとうとしているようにみえる。だから、いつも「夢みる顔」みたいだ。

（いつもおなじ、か。……ぼくの顔、わかりやすくていいや）

ろばは、表情の練習はやめにした。しばらく、鏡に光をあてて、きらきらさせたり、空をうつしたりしていたが、そのうち、

（あれ？　なんかへんだよ）

ろばは、鏡にちかづいたり、はなれたりして、じぶんのからだをうつしてみた。

首が、なんだかみじかくみえる。肩も、マシュマロみたいにふっくらしているし、よくよくみると、顔もまるくなっている。

（りゃりゃ？）

こんどは、横むきになり、おなかをうつしてみる。

（えっ？　……これがぼくのおなか？）

まるで、おおきなタイコだ。

うしろむきになり、またのあいだからのぞいてみると——鏡のなかには、ゴムマリのようなおしりがうつっていた。


そうなのだ。ろばはふとったのだ。うとうとした目で、ぼんやり立って、なにもしないせいかもしれない。

「うーん、これじゃ、ぼくは『ろば』というより『マシュマロ・タイコ・ゴムマリ』だなあ」

ろばは、そうつぶやいて、ライオンのところへいった。

「ライオン、鏡をありがとう」

「やあ、ろば。どんな顔ができた？」

「顔よりもね、ぼくは『マシュマロ・タイコ・ゴムマリ』なんだっていうことがわかった」

「マシュ……なんだって？」

ろばは、鏡にうつしてみたときのことを、はなした。

「ほら、肩なんか、マシュマロみたいでしょ」

「うむ。……でも、よりかかりたくなるようなかんじがするよ」

「おなかはタイコだしさ」

「しかし、じつにどうどうとしてる」

「おしりは、まるでゴムマリ」

「元気よく、はずみそうじゃない」

ライオンは、マシュマロ・タイコ・ゴムマリのようなろばと、おしくらまん

じゅうをしたら、たのしいだろうなと思った。

「でもねえ、ライオン」

ろばは、ぶるんと首をふり、

「ろばというのは、きりりとしてなくちゃ、とぼくは思うんだ」

と、きっぱりといった。

「きりり、かい」

「そう。肩(かた)は、センベイのようにかっちりしてさ」

「なるほど、たくましそうだ」

「おなかは、バイオリンのようにすっきり」

「スマートだねえ」

「そして、おしりは、フットボールのようにしゃっきりしてなくちゃ」

「ほう、かっこよさそう」

ライオンは、センベイ・バイオリン・フットボールのようなろばと、かけっこをしたら、たのしいだろうなと思った。

「だから、ぼくはこれから、きりりとする練習をしようと思う。かたつむりに、体操(たいそう)を、おしえてもらってくるね。いってきます」

「いってらっしゃい」

まるまるしたろばを、みおくりながら、ライオンは、おしくらまんじゅうもいいけど、かけっこもわるくないな、と思った。

雲の体操

水蒸気を
もりもりたべて
雲がふとる
わっはっは　こりゃちょいと
美容体操せにゃならん
もりもりの入道雲が

空で　おいっちにさんし
たっぷり　あせかいて…
わ
夕立ちだ！

マシュマロからりりへ

「なるほど。マシュマロ・タイコ・ゴムマリ……か」

かたつむりは、殻(から)をみがくのをやめて、ろばをみた。

「そう。だから体操(たいそう)をおしえてほしいんだ」

「よしきた。きみにぴったりの体操は……と」

かたつむりは、殻のなかから「体操のいろいろ」という本をだして、パラパラとめくった。

「どんなのがいいかな。……ろば、ぐるっとまわってみてくれない？」

ろばの、首や肩、おなかやおしりをみながら、かたつむりは体操のプランをたてた。

「これを、まいにちやるんだ。きっときりりとするよ」

かたつむりは、体操のしかたを、くわしくかいた紙を、ろばにわたした。

「ありがとう」

「しっかりね」

その日からまいにち、ろばのうちのほうから、体操のかけ声がきこえてくる。

体操というのは、やさしいようでむずかしい。体操プランには、絵までかいてあるのだが、からだが、なかなか絵のようなかっこうにならない。

「えっほいほい・えっほいほい・ぐるっとまわって・やっほいほい」

ひととおりおわると、ろばはすっかり、汗(あせ)だらけになるのであった。

でも、ろばはなまけない。

「うんせっせ・うんせっせ・ふうふうしても・もういっかい」

まいにちつづけているうちに、すこし、ひきしまってきたようだ。首すじも、すらりとしたかんじだし、顔も、まるくなくなったみたいだ。

だいいち、ふとっているころは、走るときのあしおとが、

「とん・ぱ、とん・ぱ」

ときこえたが、いまでは、

「ン・ぱか、ン・ぱか」

ときこえるのである。

(かたつむりに、みてもらおう)

「かたつむり、こんにちは」

「やあ、ろば。調子、どう?」

「いいみたい。ちょっと、ぼくをみてくれない?」

「どれ。……あるいてみて」

ろばは、すらりすらりと、かたつむりのまえをあるき、くるっとまわって、ポーズをきめた。

「どう? ぼく、もしかすると、まえよりスマートになってるんじゃないかな」

「ふむ。……たいしたもんだ!」

かたつむりは、目玉をのばしていった。

ろばは、みちがえるほどすっきりしていたのだ。

いちど、なにかをやりはじめると夢中になるろばのことだ。体操も、夢中になってやった。だから、ぐんぐんききめがあらわれたにちがいない。

「ぼく、もうマシュマロでもタイコでもないかなあ」

ろばは、ポーズをきめたままできいた。

「ああ。きみはもうまるですっきりしてさ、とてもしなやかで……そう、とてもりりしいすがたになったよ」

「そう？　とても……りり……のすがたなんだ。よかった」

ろばは、ぱかっとはねて笑った。

「じゃ、ちょっと、ぼくの……りり……のすがたを、ライオンにみせてくる」

「いってらっしゃい。こんど体操しているところ、みせてね」

「うん。いってきます」

ろばは、「ン・ぱか、ン・ぱか」とライオンのところへ、かけていった。

ろばのための体操(たいそう)プラン

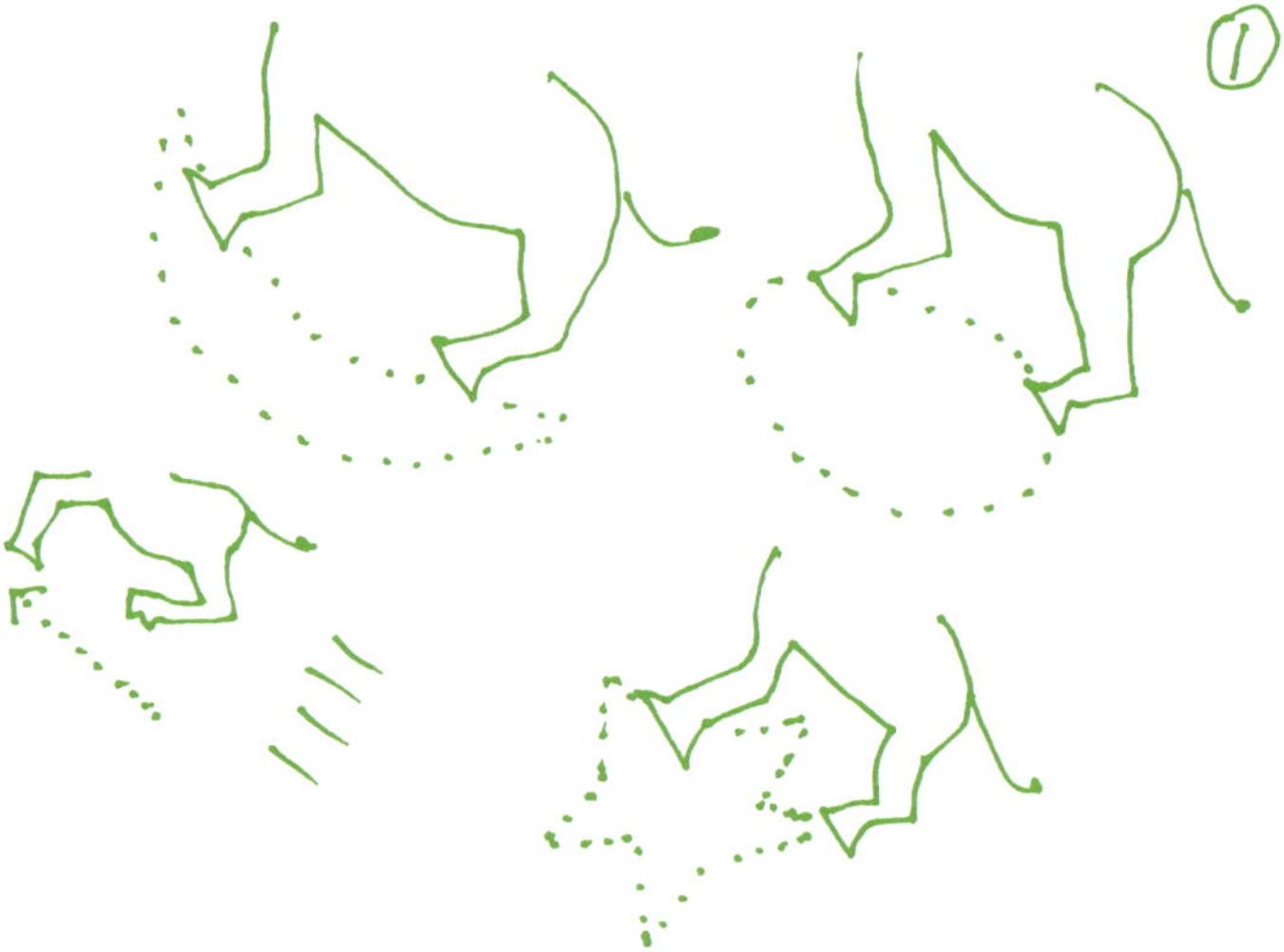

①かけあしプラン＝さいしょはゆっくり、だんだんしっかり走る。お日さまふうに〇(まる)じるし、お月さまになって☽(みかづき)じるし、星のかたちで☆(ほし)じるし、など、走りながらいろんなかたちをかいてみる。

さいごは光のように↑(まっすぐ)じるしで全速力。

②首すっきりプラン＝あたまをさげて、あしのあいだからおなかをながめ、こりゃタイヘン！と、首をふる。つぎに、首をねじってふりかえり、おしりをながめ、イカンイカン！と、首をふる。
おしまいに、ヤルゾ！のきもちで、ぶんぶん首をふりまわしておわり。

③おなかひきしめプラン＝まずおなかいっぱい息をすう。つぎに、ぜんぶ息をだす。そのまま、きゅっとおなかをひっこめ、あとあしで立ちあがり、いちにっさん、にーにっさん……とあるく。ワルツをおどるきもちで。

④おしりきりりプラン＝ストップウォッチで、よういどん！と一分間。なるべくはやく、なるべく高く、うしろあしをけりあげる。一分間に何回できたか、グラフにかいてきろくすること。

⑤おしまいのプラン＝「ぼくは、ろば」「ぼくは、ろば」ととなえながら、さいしょははやく、だんだんゆっくり走っておしまい。

〔ちゅうい〕体操（たいそう）のあとは、シャワーをあびて、タオルでよくからだをふくように。

三つ編みのライオン

ライオンは、鏡をみながらかんがえた。

（どんなかたちに、しようかな）

ライオンは、たてがみを、いろんなかたちにしてみるのがすきなのだ。かたちをかえると気分もかわる。

ふつうのかたちだと、ライオンそのものだ。ぼくはライオンです、というきもちになる。

たてがみを、なでつけてオールバックにすると、学者みたいになる。コホンと咳をして、「なにか質問はありませんか?」といいたくなる。

たてがみを、ぴんぴんにすると、わかものの気分だ。ばさっとかきあげて「いえい!」とさけんでしまう。

(きょうは、あれをためしてみよう)

ライオンは、三つ編みにすることにした。

このまえみた雑誌に、髪を、いくつもの三つ編みにした音楽家の写真がのっていたのだ。たくさんの三つ編みをゆらしながら、ピアノをひくすがたは、とても美しくみえた。

まず、たてがみをすこしつまんで、それをまた、みっつにわける。そしてくりくり編んださきを、リボンでむすぶ。それからまた、たてがみをすこしつまみ、みっつにわけて編む……。

それをくりかえしていくうちに、しばらくすると、たてがみは、ぜんぶ三つ編みになった。

（どれどれ）

鏡をみると、三つ編みにかこまれた顔は、雑誌でみた音楽家によくにているし、しゃらん、と三つ編みのゆれるぐあいもいい。

（いいかんじだ。ぼくも音楽家みたいだ。……ほかに、三つ編みできるところ、ないかな）

ライオンは、三つ編みがうまくできるようになったので、もっと編んでみたいのだ。

鏡をのぞくと、ひげがみえる。

（そうだ。ひげも三つ編みにしよう）

ライオンは、右のひげでひとつ、左のひげでひとつ、ちいさな三つ編みをつくった。ぴんとしているので、首をふると、ぶいん、と音がする。

もっと三つ編みがしたくて、ライオンは、しっぽのさきも、三つ編みにした。だんごのような三つ編みなので、しっぽをふると、地面にあたって、ぽこん、とタイコのような音がする。

たてがみをゆすって、しゃらん。ひげをふるわせて、ぶいん、ぶいん。しっぽをふって、ぽこん。

（ああ、まるで演奏している気分だ）

ライオンが、あたまからしっぽまで、三つ編みにかこまれて、しゃらん、ぶいん、ぽこん、とからだをゆすっていると、ろばが、あそびにきた。

「こんにちは、ライオン。……なにしてるの？」

「やあ、ろば。三つ編みして、音楽家になっているところなんだ。みてて」

ライオンは、目をとじて、あたまやしっぽをふり、しゃらん、ぶいん、ぽこん、と、演奏してみせた。

「やあ、とてもオンガクだったよ」

ろばは、拍手(はくしゅ)した。

「ありがとう。それから、ぼく、三つ編みがうまくなって、ミツアミカにもなったよ。ろば、あんたも三つ編みしない？」

「うん、やって」

そこでライオンは、ろばのたてがみとしっぽを、三つ編みにして、リボンでむすんだ。

ろばのたてがみやしっぽを、三つ編みにしてみると、まるで花たばみたいである。

「さ、できた。……どう？　どんな気分になった？」

ライオンの鏡にじぶんのすがたをうつしてみて、ろばは目をまるくしてさけんだ。

「わあ！　いつものぼくじゃないみたい。とてもおしゃれで、よそいきのろばみたいだ」

ろばは、くるりとまわってみせた。

「ほんとだ。あんたは、三つ編みにすると、『よそいき』になるね。きれいだよ」

「ありがとう」

ろばは、鏡にうつるすがたにみとれていたが、しばらくしていった。

「ライオン、よそいきのかっこうで、ちょっと『よそ』へいってきますね」

「いってらっしゃい。気をつけてね」

ろばは、よそいきのたてがみと、よそいきのしっぽをふりながら、「よそ」へむかってあるいていった。

三つ編みのいろいろ

——パンをこねて、三つ編みパンをつくった。おいしかった。

——タオルを三つ編みにして、背中をゴシゴシこすったら、きもちがよかった。

——テーブルかけのふちかざりも三つ編みにした。おしゃれになった。

——マントヒヒのマントを三つ編みにしたら、ハリネズミみたいになった。

——そこで、ハリネズミの背中を三つ編みにしようとしたら、できなかった。

痛(いた)かった。

——かたつむりは、三つ編みにするところがない。そこで、草を三つ編みにしてプレゼントした。三つ編みの草を、ぐるぐるまきにすると、おおきなかたつむりみたいだ。それをみて、かたつむりが「おかあさん」といった。

よそいきのおみやげ

三つ編み(みつあみ)のろばが、あるいている。

よそいきのたてがみ、よそいきのしっぽ……そして、よそいきのあるきかたで、ポッコ・ポッコいく。

あるくたびに、三つ編みのさきのリボンがひらひらして、ひづめの音も、よそいきだ。

とおりすがりに、だれかが、

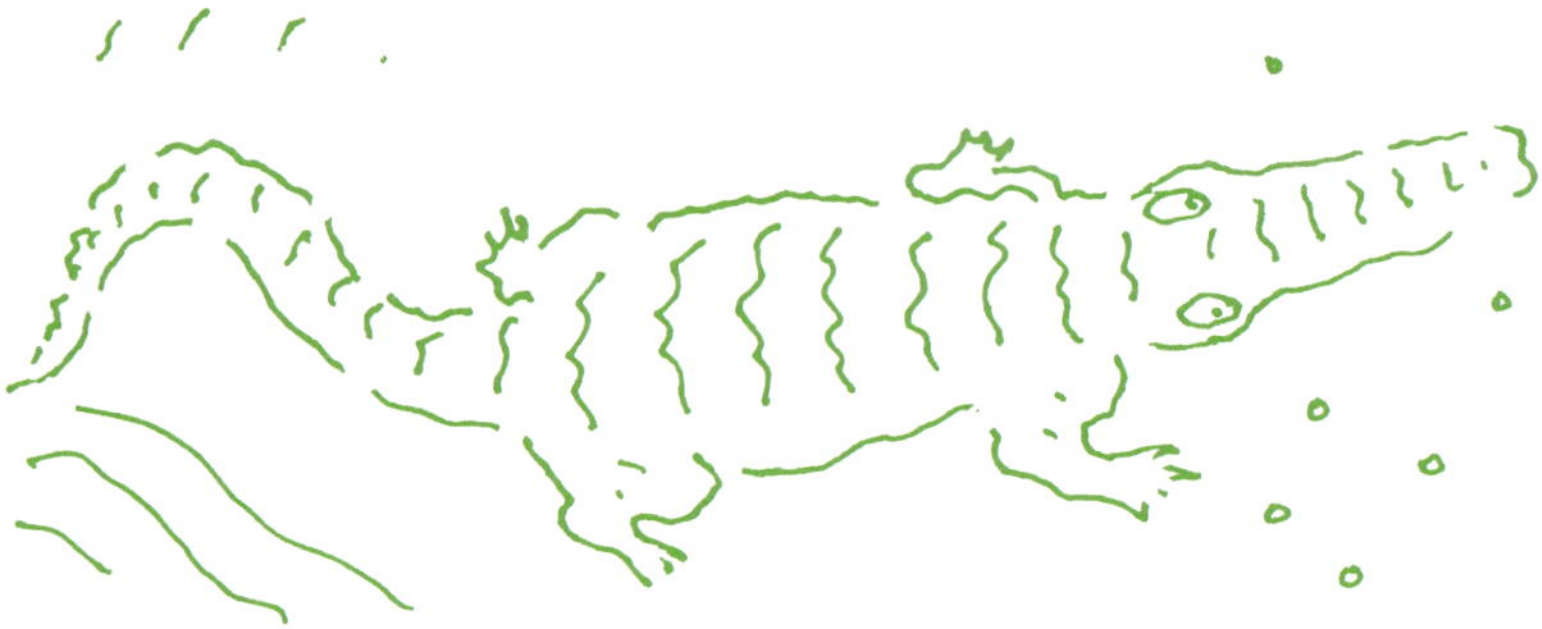

「やあ、ろば。どちらまで」

と声をかけると、

「ちょっと、よそまで」

と、よそいきの声で、へんじをする。

ポッコ・ポッコ・ポッコ……。

ろばは、あっちこっちあいさつしながら、川のそばまできた。

みると、ワニが、おはじきをしてあそんでいる。赤や黄いろや空いろや、いろんないろのカケラを、ぴーんとはじいて、かちんとぶっつけて……。

(きれいだな。それに、おもしろそう)

ろばは、ワニのそばにいって、おはじきにみとれた。

「おう、ろば。どこへいくんだい」

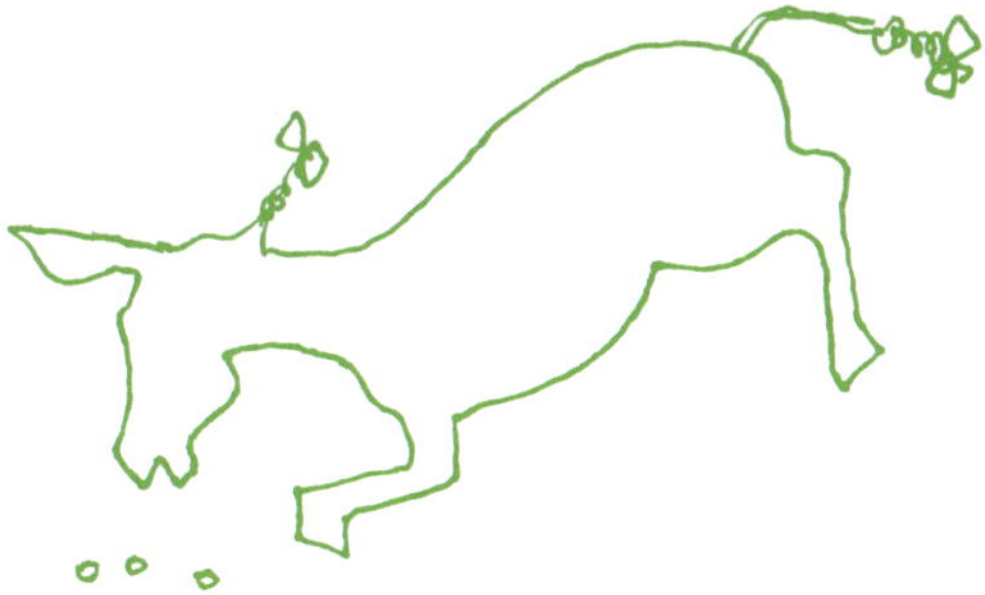

ワニが、おはじきを、ちゃらちゃらっと、まきながらいった。

「やあ、ワニ。ちょっと、よそまで。……じゃなかった。ここにきたの」

ろばは、ワニのおはじきを、みていたくなったのだ。

「おう、おれんとこへきたんか。……どうだ、いっしょに、おはじきでもするかい？」

「するする！」

ろばは、三つ編みのたてがみをふりふり、おはじきをした。

ぴーん、かちん。ぴーん、かちん。……だんだんうまくなる。

「ああ、おもしろかった」

たっぷりあそんだあと、ろばは、まんぞくそうにつぶやいた。

「……よそいき、って、たのしいもんだなあ」

「よそいき？」

「うん、ぼく、きょう、しゃれたかっこうしてるでしょう。だから、よそいきなんだ」

ろばは、ライオンに三つ編みしてもらった話をした。

「おしゃれすると、よそへいきたくなってね。……おかげで、いろんなひとにあえたし、おはじきもできたし……」

「うーむ。三つ編み、か。……いいのう」

ワニは、じぶんのからだをながめた。

「おれも、おしゃれして、よそにいきたいが……三つ編みするとこ、ないなあ」

ざんねんそうである。

「あ、それなら、三(み)つ編(あ)みでなくても、おしゃれになれるよ。ほら、これを、こうして」

ろばは、三つ編みのリボンをほどいて、ワニのしっぽにむすんだ。しっぽのさきに、ぽっと、あかりがともったように、はなやかだ。

「ほうら、ワニ。あんたとても、しゃれてるよ。とても、よそいきになったよ」

「お、ほう！　よそいきになったか。ふっふ」

ワニは、しっぽをちらちらみて笑(わら)った。

「じゃ、おれ、ちょっとよそへいってくらあ。ありがとよ」

しっぽをちょいともちあげ、のっしのっしと川へむかいながら、ワニは、ろばをふりかえっていった。

「おう、それからな。そのおはじき、あんたにやるよ。もって
って、ともだちとあそびな」

「え、だって、あんたのぶんがなくなるよ」

「なあに、川の底に、たんとあるって。じゃ、あばよ」

「ありがとう。いってらっしゃい」

川のまんなかを、リボンつきのワニが、ゆっくりゆっくり、
泳いでいく。
草原のまんなかを、おはじきかかえたろばが、いそいでいそ
いで、走っていく。

空のおはじき

だれもみていないとき
星は
おはじきをしてあそんでいる
「おーい、いくぞう」
北斗七星の　ひしゃくのさきが
ぴーん

北極星のところへとんでいき
かちーんとあいさつして
また　すましてもとにもどる
ぴーん　かちーん
「おっとっと」
ぴーん　かちーん
「こんばんは」

流れ星は　きっと
おはじきのかけらだよ

ゆううつな　かたつむり

けさ起きると、かたつむりは、ゆううつであった。

「ゆううつ」というのを辞書でしらべると、「うっとうしくて、きもちがはればれしないこと」または「気がふさぐこと」とある。

（そうか。やっぱり、な）

ゆうべ、腹筋運動をやったときも、「おいちに、ほえほえ」と、ちからがはいらなかったし、日記も、「でも」とか「どうせ」という字ばかりかいてしまったのだ。

かたつむりは、朝の散歩をやめにして殻にもぐり、入り口のカーテンをしめた。

（気がふさぐときは、入り口もふさぎたくなるな）

かたつむりは、目をとじて、ねがえりをうった。それにあわせて、殻も、カランコロンとねがえりをうった。

草原をとおりすぎる風が、ときどき殻をなでて、ぼうぼうと音をたてるが、殻のなかは、しんとしずかである。


ライオンがあそびにきた。

「こんにちは、かたつむり」

「……う……う……む、ライオン。こんにち……は」

ライオンは、殻のまえにすわって、かたつむりが顔をだすのをまった。が、きょうのかたつむりは、カーテンをしめたままである。

「かたつむり、いま、なにしてるの?」

ライオンは、コンコンと殻をノックして、たずねた。

「……う……う……いまね、ええと……『ゆううつ』してるの」

「ふうん。……『ゆううつ』って、カーテンのなかにはいることなのかい」

「そう。みんなふさいじゃう気分なんだ。……ふう」

ライオンはまだ「ゆううつ」というのを、やったことがない。じぶんもやってみたくなったので、かたつむりにきいてみた。

「ねえ。どうやって、ゆううつになったの?」

「……ええと、ね……」

かたつむりは、カーテンのなかからへんじした。

「おれ、きのう疑問をもったんだ」

「ギモン？」

「そう。はてな？　と思うこと。……おれって、どこらへんが、どんなぐあいにカタツムリなんだろう、って」

「ふんふん」

「カというのがあたまで、リがしっぽで、あとのタツムが、おなかのところかな、とかさ」

「ほうほう」

「いやまてよ、殻のところがカで、目玉ふたつがタとツで、あたまからしっぽまでが、ムリーというぐあいになっているのかな、とかさ」

「はあはあ」

「はたまた、カタツムが、ぜんぶあたまで、あとはリ・リ・リ・リというのが、いっぱいつまっているのかな、とかさ」

「なるほど」

「そんな疑問をもったら、こんがらがって、うっとうしくて……。気がふさいじゃったんだ」

「それはそれは」

「腹筋運動も日記も、さっぱりだめだったしね」

「あらら」

「それで、ゆううつになっているところ」

かたつむりは、また殻ごと、ねがえりをうった。

「ふーん。そうやって『ゆううつ』になったのか」

ライオンは、じぶんのどこがラかな？　イかな？　とかんがえてみた。

たてがみのところがラかな？　と思ってみたけど、ライオンが、ぜんぶたて

がみに、つまっているような気がする。

それでは、しっぽはどうかな? とみてみると、どうも、しっぽのさきまでライオンがつまっているようだ。ひげもライオン。耳もライオン。あっちもこっちもライオン、ライオン。

(どこもかしこもライオンみたい。だから、こんがらがらないな。「ゆううつ」にならないな)

ライオンは、ころがっているかたつむりをながめた。しん、としているかたつむりをみていると、さびしくなる。

「……ねえ、かたつむり」

「う……ん?」

「『ゆううつ』って……さびしいね」

「う……ん」

「……ねえ、かたつむり」

「う……ん？」

「『ゆううつ』を、やめる方法、ないかな」

「そう……だねえ」

かたつむりは、殻のなかで、辞書をめくってみた。

「……うーん、と……、この『気ばらし』というのがいいかもしれない」

「キバラシ？」

「うん。『ふさいでいる気分をなおそうと、心をほかのものにむけること』だって」

「それやろう。カーテンあけて、なにか、ほかのこと、やってみようよ」

「そうだねえ……、じゃ、気ばらしに散歩してみようか。おれ、まだ朝の散歩をしていないし」

「しようしよう。ぼくにのりな。どこでもすきなところに」

「うん。おれ、きょうはたてがみのなかがいいな。……いま『やさしいライオンのたてがみ』に、もぐりこみたいんだ」

「どうぞ。ぼくも『ゆううつなかたつむり』を、たてがみのなかにいれてみたい」

さやさやゆれる草原のなか、ライオンとかたつむりが、ゆっくりあるいていく。

「かたつむり、気分はどう？」

「ああ、なんだかカーテンあけたくなってきたよ」

「よかった。……なんなら、元気のでそうなうた、ちょいとうたってみようか？」

「いいねえ。おねがい」

「それでは……いち、に、さんっ……」

ライオンのうた声が、草原にひろがり、かたつむりの「ゆううつ」が、ゆっくりととけて、消えていくようである。

♪かたつむり　はげましのうた

ライオン作

げんきになあれ　かたつむり
カタがツムって　リになろと
カタツがムリして　つらかろと
あんたはいつでも　かたつむり
ぼくのだいじな　かたつむり

カーテンあけな　かたつむり
カタツムごちゃごちゃリちゃっても
ツムリがカタカタしようとも
あんたはいつでも　かたつむり
ぼくのだいじな　かたつむり

てつがくのライオン

ライオンは「てつがく」が気にいっている。かたつむりが、ライオンというのは獣（けもの）の王で、哲学的（てつがくてき）なようすをしているものだとおしえてくれたからだ。

きょう、ライオンは「てつがくてき」になろうと思った。哲学というのは、すわりかたからくふうしたほうがよいと思われるので、しっぽを右にまるめて腹ばいにすわり、右ななめうえをむいた。しっぽのまるめぐあいからして、そのほうがよい。しっぽが右で、顔が左をむいたら、でれりとしてしまう。

ライオンが顔をむけたさきに草原がつづき、木が一本はえていた。

ライオンは、その木の梢をみつめた。梢の葉は、風に吹かれてゆれた。ライオンのたてがみも、ときどきゆれた。

(だれかきてくれるといいな。「なにしてるの?」ときいたら、「てつがくしてるの」ってこたえるんだ)

ライオンは、横目で、だれかくるのをみはりながら、じっとしていたが、だれもこなかった。

日が暮れた。ライオンは、肩がこっておなかがすいた。

(「てつがく」は肩がこるな。おなかがすくと、「てつがく」はだめだな)

そこでライオンは、きょうは「てつがく」はおわりにして、かたつむりのところへいくことにした。


「やあ、かたつむり。ぼくはきょう『てつがく』だった」

「やあ、ライオン。それはよかった。で、どんなだった？」

「うん、こんなだった」

ライオンは、「てつがく」をやったときの、ようすをしてみせた。

さっきと同じように、首をのばして、右ななめうえをみると、そこには夕焼(ゆうや)けの空があった。

「ああ、なんていいのだろう。ライオン、あんたの哲学(てつがく)は、とても美しくて、とてもりっぱ」

「そう？……とても……なんだって？　もういちどいってくれない？」

「うん。とても美しくて、とてもりっぱ」

「そう。ぼくの『てつがく』は、とても美しくて、とてもりっぱなの？　ありがとう、かたつむり」

ライオンは、肩(かた)こりもおなかすきもわすれて、じっと「てつがく」になっていた。

風のてつがく

風は
どこにでもいたり
どこにもいなかったりする
風は
雲のあくびになったり
ありのくしゃみになったり

波の背中をおしたり
たんぽぽわたげをつまんだりする
しかし風は　いままでいちども
じぶんでじぶんを　みたことがない
――おれって　どうなっちゃってるの？
みたくてみたくて　きりきりまいして
風は　つむじ風になる

ふむ　つむじ風は　きっと
「風のてつがく」の　ヘソだな

うたをつくったかたつむり

かたつむりは、うたがすきだ。
うたをつくるのも、うたうのもすきで「今週のベストテン」などは、そらでうたえるほどである。

きょうも、かたつむりは、うたをつくった。

かたつむりが　ヤアといって
ろばも　ヤアといって
いっしょに　あるいた

（なかなか上等。ふしをつけよう）
かたつむりは、発声練習をしたあと、うたいだした。

♪かたぁぁつむりがぅわんぁんぁん
やぁぁといってぇんぇんぇぇー
ろンほぉぉばぁぁもん
やぁぁといってんぇんぇんぇぇー
いひっしょんにいんぇぇ

あるンういいいたぁぅぁぅぁー

（すばらしいできばえ。ろばにきかせよう）

かたつむりは、♪……ぅわんぁんぁん、と鼻うたをうたいながら、ろばのところへいった。


ろばは、ぼんやり立って、なにもしていなかった。

「こんにちは、ろば。おれたちのうたを、つくったよ」

「こんにちは、かたつむり。きかせて」

かたつむりは、ゆっくりと、ちからをこめてうたった。

「ああ、ぼくたちのことをうたったんだね。なんていいのだろう。うたいかた、おしえて」

「よし。せえの。♪かたぁぁつむりがぅわんぁんぁん」

「♪かぁぁたつむりがぅわんぁんぁん」

「ちがう。♪かぁぁた……じゃなくてね、♪かたぁぁ……」

「♪かたぁぁ……」

「そうそう」

何回もくりかえしおしえてもらって、ろばもちゃんとうたえるようになった。

さいごの、♪あるンういいいたぁぅあぅあー、のところは、ろばのうたうふしが、ちょっとはずれるのだが、それが二部合唱みたいになって、とてもよかった。

「いいうただねえ、かたつむり。……題は、なんていうの？」

「題かい？　ええと『友情ぶかきろばとかたつむり』というのはどうかな」

「……『ブカキロバ』か。……すてきだ！」

かたつむりとろばが、なんどもうたっているうちに日が暮れた。

「じゃ帰るね、ろば。あしたまたうたおう」

「うん。さようなら。あしたまたうたおう」

ろばは、かたつむりをみおくりながら、♪ろンほぉぉばぁぁもん、のところを、いつまでもくりかえして、うたっていた。

ブカキのうた

かたつむりは、その後、このうたに二ばんと三ばんをつけた。こんなふうである。

二ばん　ろばが　ヤアといって
ライオンも　ヤアといって
いっしょに　あるいた

三ばん　ライオンが　ヤアといって
　　　　かたつむりも　ヤアといって
　　　　いっしょに　あるいた

三ばんがおわると、一ばんにもどる。こうやって、このうたは、いつまでもつづく。

みんな、このうたがすきになり、いまでは、であったときのアイサツうたになっている。

ろばが、いつも「ブカキ」「ブカキ」というので、このうたの題は、いつのまにか「ブカキのうた」となった。

空とぶかたつむり

「ブカキのうた」をつくっていらい、かたつむりは、うたをつくるのが、ますますすきになった。このごろは、まいにち夕立ちがふるので、調子がいいのだ。ザーッとふって、木の葉や草のさきに、水たまがきらきら光り、すずしい風が吹く。するとかたつむりの、目玉からしっぽのさきまで、みずみずしくなり、ひとりでに、うたのことばがうかんでくるのだ。

かたつむりは、殻のなかのひきだしから、紙とえんぴつをだした。

（きょうは、どんなうたをつくろうか）

さっき、夕立ちがあがったばかりで、まわりの空気に、ちいさな水のつぶつぶが、いっぱいただよっている。

木の枝にのぼって、あたりをみまわすと、風が吹くたびに、水のつぶも、そよりそよりとゆれるようである。

そこでまず、一行目に、「そよりそよりとかぜふけば」とかいた。

（なかなかの、でだしだぞ）

かたつむりは、もっと背のびして空をみた。空では、わたぐもが「いそがしいそがし」というように、どんどんむこうへ走っていく。

それをみて二行目には、「ふかりふかりとわたぐもはしり」とかいた。

（よしよし。いい調子。つぎは……と）

わたぐものそばをみると、ワシが、まるく輪をかきながらとんでいる。

（そうだ。ワシのことをかこう）

というわけで、三行目は、「ゆるりゆるりとわしがとぶ」となった。

ワシは、かたつむりに気がついた。

どんなに高いところをとんでいても、ワシは、なんでもよくみえるのである。

そこで、かたつむりのそばへやってきていった。

「いよっ、かたつむり。なにしてんだ？　あんた、空からみてると、きょうは、やけに目立ってるぜ」

「やあ、ワシ。こんにちは。いま、うたをつくってるとこ。……おれ、うたをつくるとき、すこし目立つんだ」

「いよっ、そりゃいい。で、どんなのだい？」

「こんなの。……まだ、とちゅうだけどね」

かたつむりは、うたをよんできかせた。

そよりそよりとかぜふけば
ふかりふかりとわたぐもはしり
ゆるりゆるりとわしがとぶ

「いよっ、いよっ。こりゃいい。とくに『わしがとぶ』のところがいい」

「ありがとう。で、つぎは、なんてかこうかと、かんがえているところなんだけど。……ねえ、ワシ。空をとぶって、どんなきもち？」

「いよっ。そりゃいいきもちさ。そうだ、あんた、おれの背中にのりな。とぼうぜ、いっしょに。おれの背中で、うたのつづき、つくろうぜ。な？」

かたつむりは、こわいような気もしたけど、よいうたをつくるためには、冒険もたいせつだと思い、紙とえんぴつをもって、ワシの背中にのった。

「出発だ！　しっかりつかまってな。あーらよっと」

ワシが、ふわりととびあがると、かたつむりも、ふわりととびあがる。

ぐんぐん、ぐんぐん、空のてっぺんを目ざすと、かたつむりの殻のまわりに風がうずまく。

「いよっ、みてみな。けしきが豆つぶみたいだろ」

かたつむりがしたをみると、地面が、ずいぶん遠くにある。そこで、いそいであたまをひっこめて、殻のなかで、うたのつづきをかくことにした。

（とても高いってことは、とても遠いってことだな）と思ったので、「とおくとおく」と、すこしふるえる字でかいた。

「いよっ。いいうた、かけるかい？　こんどは、空のすべりだい、しようぜ。おれ、これ、すきなの」

ワシは、羽をまっすぐのばしたまま、ぐるりぐるりと空をすべりおりた。

「いよっ。みてみな。けしきが走っていくだろ」

かたつむりは、またそっと首をのばして、のぞきこんだが、目がくらくらしたので、いそいで殻にもぐりこんだ。

(空をとぶって、目がまわることなんだ)

そこで、「まわるまわる」と、さっきより、ふるえる字でかいた。

ワシは、元気よく「いよっ」「いよっ」といいながら、ちゅうがえりや、きりもみ急降下をなんどもやってみせる。

かたつむりは、あたまがぼうとなって、なにがなんだかわからなくなってしまった。

「いよっ。かっこいいだろ。おれ、どこまでもとんでいけるぜ。あの山のむこうにだっていけるけど、……あしたまでかかるからな、ま、やめとこ。さ、そろそろ着陸しようか」

　ぼうとなったあたまに、（やま……むこう……あした）という声がきこえたので、かたつむりは、「やまのむこうはあしたです」と、いままでよりいちばんふるえる字でかいた。

　その夜、かたつむりは、うたを清書した。

そよりそよりとかぜふけば
ふかりふかりとわたぐもはしり
ゆるりゆるりとわしがとぶ
とおくとおくまわるまわる
やまのむこうはあしたです

（山のむこうは、なんであしたなんだろう）

よくわからないけど、ちょっとしゃれてるみたいなので、ここはとくに、赤えんぴつでかくことにした。

（うん、よくできた。うたは、やっぱり冒険するにかぎるな）

できたてのうたを朗読したあと、日記をかいて、ねむることにした。

八がつむいか　ゆうだち

きょうは　そらとぶかたつむりだった
わしは　そらとぶ「いよっ」である
ぼうけんは殻をひとまわりおおきくする

（あしたライオンとろばに、空とぶ冒険の話をしよう）――そんなことを思っていたので、かたつむりは、笑った顔のままで、ねむっている。

冒険の日々

（水のむこうに　なにがみえるかな）
と　池でさかながはねた
（地面のなかは　どうなってるのかな）
と　草がねっこをのばした
（はじめてであうのは　だれかしら）
と　雨つぶが雲からとびだした

そして
地球がくるりと
でんぐりがえりした
（あした　なにがおこるかな）
とね

虹（にじ）いろのライオン

かたつむりから、空をとんだ話をきいていらい、ライオンも、空にあこがれるようになった。

でも、どうやったら空をとべるだろう。かたつむりは、ワシにのせてもらえたけれど、（ぼくみたいに、おもたいのは、のせてもらえないしな）である。

（じぶんで、とぶ練習、するしかないな）である。

そうはいっても、どんな練習をすればいいのだろう。

ためいきをついて空をみあげるばかりだったが、そんなある日、よいかんがえがひらめいた。

夕立ちのあと、丘から丘へ、くっきりと虹がでた。あの、まぶしい橋のようなかたちをみて「これだ！」と思ったのだ。

（虹をお手本にすればいいんだ。虹のかたちのまねをして、とぶ練習をすれば、きっといつか、虹のようにとべるようになるぞ）

それからというもの、ライオンは、ひまがあると虹のつもりになって、とびはじめた。練習をつんで、あしがつよくなれば、いつかは虹そっくりになるはずだ。

かたつむりやろばも、おうえんしてくれた。

ライオンが、

「にーじっ！」

とさけんで、ぴょーんととぶ。それを、横からみて、いろいろ注意してくれるのだ。

「……じゃ、とぶよ。にーじっ！……どう？」

「うーん。いまのは、はんぶんくらい虹みたい、だな。……な？　ろば」

「そうだねえ。……あしをそろえてとぶと、いいかもしれない」

「よし。もういちどとぼう。……に――じっ！……こんどはどうだった？」

「お、かなり虹にちかい。でも、もうちょっとアゴをひいたら、どうだろう。……な？　ろば」

「うん。しっぽも、まっすぐのばして、ね」

というあんばいである。

きょうも、たっぷりとぶ練習をした。そのあとちょっとひとやすみ、みんなで散歩をする。

「むずかしいものだねえ」

汗ばんだおでこに、かたつむりをのせてあるきながら、ライオンがつぶやいた。

「やっぱりだめなのかなあ、ライオンが空をとぶのって」

と、しょんぼりしている。

「そんなことはない！」

おでこでゆられながら、かたつむりが、ちからづよくいった。

「辞書にね『精神一到何事カ成ラザラン』ってコトバがあるんだ。いっしょうけんめいやれば、できないことはない、っていうの。な、ライオン。どーんどん、とびつづけようぜ」

「そうだよ、ライオン。ナラザのこころ、だよ」

ろばもはげましてくれる。

「そうか。ナラザか」

「そうとも。ナラザさ」

ライオンは、むん！と口をひきしめて、空をにらんだ。

ぶらぶらあるいているうちに、川のそばにきた。ちいさな滝があって、水しぶきが、とびちっている。

「あ、みて！　ライオン。虹だ」

ろばが、立ちどまってさけんだ。

太陽の光をうけて、水しぶきのところに、ちいさな虹が、川をまたぐようにかかっている。

「わ、きれいだ」

みんなは、口をあけてみとれていたが、

「そうだ。ここで練習しなよ」

と、かたつむりがいった。

ちいさいけれど、りっぱな虹だ。あの虹にそって、とぶ練習をすれば、どんどんうまくなるにちがいない。

「なるかね」

「なるとも」

「この川、とびこえられるかなあ」

「ナラザのこころ、だよ、ライオン」

「よし。とぶぞ」

「うん。みてるよ」

ライオンは、川からはなれて立ち、まず、「にじっ！」といって、とん、とはねた。

それから「にじ・にじ・にじ・にじっ」と川をめがけて走る。

さいごに川のふちで、たーんとふみきって、

「にぃぃぃじぃぃぃっ！」

と、おおきな声でさけびながら、むこう岸にむかって、高く高くとんだ。

きちんとそろえて、のばしたあし。日をあびて、きらめくたてがみ。しっぽのさきが、虹(にじ)をかすめて、まるで花火のようである。

（ほ、ほ、ほーう）

みあげるろばとかたつむりが、かんしんしているうちに、ライオンは、むこうの岸にぽーんと、とびおりた。

「おーい、どうだったあ？」

ライオンが、息をハアハアさせてたずねる。

「わーい、よかったよぉ」

ろばが、さけびかえし、かたつむりも、ろばのおでこのうえで、

「やっほーい。さいこうぅ」

と首をふる。

「そうかあ。じゃ、こんどはそっちにむかってとぶよぉ」

ライオンは、ぶいん！　としっぽをふり、まず「にじっ！」。それから「にじ・にじ・にじ・にじっ」。そしてさいごに、

「にぃぃぃじぃぃぃっ！」

と、こちらにむかってとんできた。

「……はあはあ、こんどは、どうだった？……ふうふう」

ライオンが、かけよる。

「いやぁ、まるで虹のすべりだいに、のってるみたいだった。な？　ろば」

「うん、ライオンと虹がかさなって、虹いろライオンだったよ」

と、かたつむりとろばが、拍手してむかえる。

「これなら空をとべそうだね」

「とべるともさ」

「かんぺきだよ」

「……虹いろライオン、か。うふふ」

「虹いろライオンさ。あはは」

「あしたもとぶから、みてて」

「うん、あしたもとんでみせて」


その夜、ライオンは、高く高く空をとぶ夢をみて、虹いろに笑った。

うわさ

さいきん、草原に、よく虹がかかる。それをみた連中が、うわさばなしをしている。

——いやぁ、よくみると虹にね、しっぽがはえてたんですよ。そう、だいだいいろのあたりから、ぴん、とね。

なんだかうれしそうなしっぽでねえ。ゆれながら、虹のうえをつつーと。

いろ？……そうねえ。虹いろっぽいけど……ちょっと金いろ、だったかな。

——あたしのみたのは、もしゃもしゃしたもの。ほら、お日さまがのぼったばかりのときって、まぶしい光が、もしゃもしゃって、でるでしょ。あんなの。それが、虹のてっぺん……まんなかあたりに、もしゃぴか、もしゃぴか。虹が、まるで、たてがみをふっているみたいにみえたっけ。

——ぼくは、なんだか虹がしゃべったような気がしたんだけどな。はっきりは、きこえなかったけど、『にじ・にじっ』とかなんとかさ。……でも、虹が、わざわざ『にじっ』なんていうかなあ。

いろんなうわさが、ライオンの耳にも、はいってくる。

ライオンは、そのたびに、うふうふと笑って、しっぽをふり、もしゃもしゃっと、たてがみをふっている。

えいえん

空はスコンと晴れていた。

草原はぬくぬくして、光はひるねのあとのあかんぼうのようにやわらかい。

ライオンとろばとかたつむりが、草原のまんなかで輪になっている。

空と地面のあいだを、風がゆっくり散歩して、草や木の葉とおしゃべりしている。

草や木の葉は「うん、そうそう」とうなずいたり、「いやぁ、なかなか」と、首をふったりしている。

「おれたち、どれくらいまえからともだちだったかなあ」

かたつむりが、殻をみがきながらいった。殻は、つやつやとあめいろに光り、うずまきもクッキリと、目がまわるようである。

「そうだな。……なんだか、ずっとむかしからともだちだったような気がする」

ライオンが、鏡をみて、たてがみのぐあいをなおしながらいった。きょうのたてがみは、ふっくらして、金のかんむりをかぶっているようだ。

「まったくだ。おたがい、であうまえから知っていたみたい、なかんじだね」

かたつむりは、うんうんと目玉をふり、首をのばして、ろばにもきいた。

「な？　ろば。あんた、どう思う？」

ろばは、ぼんやり立って、なにもしていなかった。

「なんだって？　もういちどいって」

ろばは、かたつむりに顔をよせてたずねた。

「ええとね。おれたち、あうまえからともだちだったみたい、てね、いったんだ」

「……マエカラトモ……」

ろばは、じっとかたつむりをみつめ、それからじっとライオンをみつめた。

かたつむりの殻のうえを、光がちらちらこぼれ、ライオンのたてがみを風がなでていく。

ライオンをみて、かたつむりをみて……。またライオンをみて、かたつむりをみて……。ろばは、あんまり夢中になってふたりをみつめたので、じぶんがライオンやかたつむりと、いっしょくたになった気がした。

「ほんとだ。ぼく、いますっかり、マエカラトモ、みたいな気分」

ろばは、目をぱしぱしさせてこたえた。

「みんなそう思うんだな。……そうだ、きっとこれ、『永遠の友情』ってやつだと思うよ」

「えいえん、って？」

ライオンがたずねた。

「ええと、『永遠』というのはね」

かたつむりは辞書をだし、パラパラとめくる。

「ずっとまえからあって、いつもあって、いつまでもある、ってこと」

「ふうん。で、ゆうじょう、というのは？」

「うん、友情というのは、ともだちのあいだの愛情――まあ『なかよし』ということ、だね。だから、『永遠』と『友情』をたすと『ずっとまえからあって、

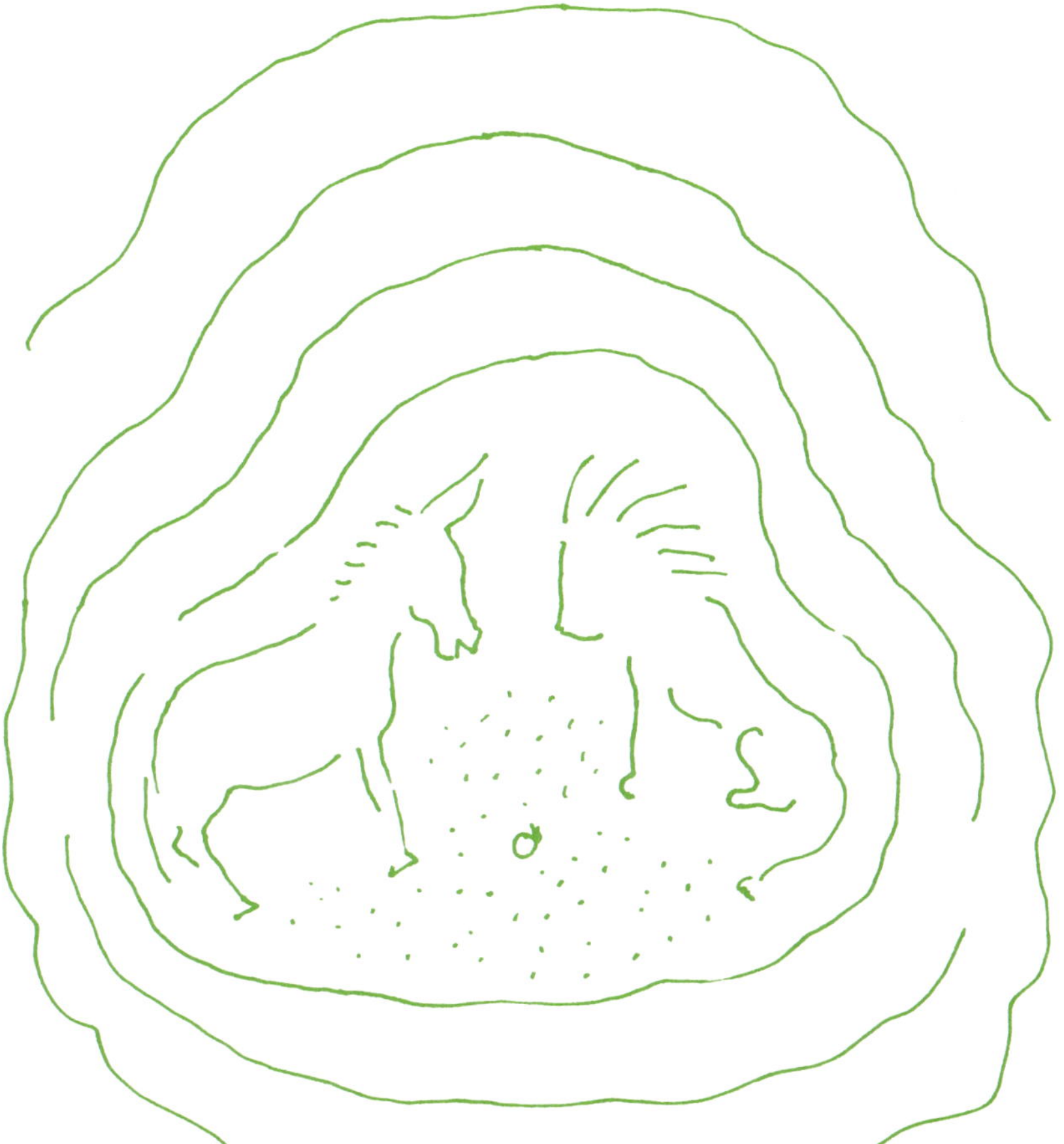

いつもあって、いつまでもあるなかよし』ということになる」

かたつむりは、背中（せなか）をのばして、遠くをながめた。地平線でかげろうがゆれている。

ライオンも、ぐるっとまわりをながめてみる。木の葉がうらがえったり、草がそよいだりして、目がちかちかするほどだ。

「えいえんのゆうじょう、ってまぶしいねえ」

ライオンは、たてがみをときながら、つぶやいた。

耳を風にくすぐられて、きもちよさそうに目をつぶり、ろばもつぶやく。

「エイエン……ジョウ、は、きもちがいい」

みんなのまわりで、風も光も、草原も空も「永遠（えいえん）」になっていくみたいである。

いちめんの「永遠」のなかに、「永遠の友情」たちが、輪になってすわって
いる。

それからのみんな

かたつむりの殻（から）は、ますますつやがでて、日記の字もうまくなったそうだ。

ライオンは、まだ「憂（うれ）いの顔」が、うまくできないけれど、鏡（かがみ）は、まいにちみているという。

ろばは、あいかわらず、ぼんやり立って、なにもしていない。たいてい風のまねをしている。

そしてみんなで、いつもなにかしてあそんでいるらしい。

いつも　いまでも　いつまでも

「おーい」
きょうも空から太陽が呼びかけている
「なーんだい」
きょうも緑いろの地球が
へんじしている

「いっしょに　あそぶもの
このゆび　とまれ」

あはは
また　いってるよ
いつも　いまでも　いつまでも
太陽は　あそびずきだね

最初にきたのはライオンだった——新版によせて

ブランコと、２メートル四方の砂場があるだけの小さな場所が、土手のすみにあった。

土手の下を電車が走っている。住まいの近くだったので、早朝や夕方そこに行って、ぼんやりしたり、ブランコに座ったりした。人も通らず「ぼんやり」に、よい場所だった。

そのうち、そこで空想するようになった。夜から朝へ、夕方から夜へ……そんな、時間の境目から、むにゅっと別の世界が現れて、空想しやすいのだ。

最初にやってきて、となりのブランコに座ったのはライオンだった。

タテガミをごしごしかきながら、彼の「しんゆう」についての話をした。

——ロバはなあ、じっと立って、なにもせんのヨ。しかし、あいつ、ウタうまいぜ。

――かたつむりは、かしこくってナ、カラの中に辞書もってるんだぜ。おれ、尊敬してる。

ふうん、それから？　と、はなしを聞いて書きとめているうちに、彼らの日々の暮らしぶりがわかってきたので、一冊の本にまとめた。それが『ともだちは緑のにおい』だ。

あれからずいぶん経ったなあ。ブランコの場所はもうないが、彼らはいまも「ゆうじょう」をはぐくみつづけ、ときどき私のところに話しこみにくる。……私も（トシを取ったおかげで）ほとんど空想界に住んでいるので彼らも遊びに来やすいのだろう。

ライオンはわたしに「てつがく」のポーズを教えこもうとしているし、ロバは、ぼんやり座って、なにもせんわたしのそばで、嬉しそうに、ぼんやり立って、なにもせん。

その横でカタツムリは「てつがく」と「ぼんやり」について考察している。

二〇〇八年五月

工藤直子

工藤直子（くどう・なおこ）

1935年、台湾に生まれる。

1983年『てつがくのライオン』で日本児童文学者協会新人賞、1985年『ともだちは海のにおい』でサンケイ児童出版文化賞、1990 年『ともだちは緑のにおい』で芸術選奨文部大臣新人賞（いずれも理論社刊）、2004年これまでの仕事に対して巖谷小波文芸賞を受賞する。

著書に、詩集『のはらうた』『ゴリラはごりら』（童話屋）『あいたくて』（大日本図書）『よいしょ』（小学館）『クヌギおやじの百万年』（朝日出版社）『こどものころにみた空は』『でんせつ』（理論社）、絵本『かぜのこもりうた』（童話屋）、童話『ぼくたちの散歩』（文渓堂）、エッセイ集『こころはナニで出来ている？』（岩波現代文庫）『象のブランコ』（理論社）など。

長新太（ちょう・しんた）

1927年、東京に生まれる。

1959年『おしゃべりなたまごやき』（福音館書店）で文藝春秋漫画賞を受賞。以後、講談社出版文化賞、絵本にっぽん大賞、小学館絵画賞、巖谷小波文芸賞、路傍の石幼少年文学賞などを受賞する。

著書に、『長新太のチチンプイプイ旅行』（平凡社）『なんじゃもんじゃ博士』（福音館書店）『怪人通信』（大和書房）『ガニマタ博士』（話の特集）『海のビー玉』『子どもの本諸国漫遊記』（理論社）、絵本『おなら』『ごろごろにゃーん』（福音館書店）『ぼくのクレヨン』（講談社）『キャベツくん』『ブタヤマさんたらブタヤマさん』（文研出版）『ゴムあたまぽんたろう』（童心社）『チューチューこいぬ』『ぺろぺろぺろ』（ＢＬ出版）『つみつみにゃー』（あかね書房）『ノンビリすいぞくかん』『ヘンテコどうぶつ日記』（理論社）など。

名作の森

ともだちは緑のにおい

NDC913
B6判 19cm 230p
2008年 5月初版
ISBN978-4-652-00533-0

2015年2月第2刷発行

作　者＝工藤直子
画　家＝長新太
発行者＝齋藤廣達
発行所＝株式会社理論社
〒103-0001　東京都中央区日本橋小伝馬町 9-10
電話　営業 03-6264-8890　編集 03-6264-8891

きみとぼくの本『ともだちは緑のにおい』1988年初版

ブックデザイン＝タカハシデザイン室
編集協力＝市河紀子
"Tomodachi wa midori no nioi"

URL　http://www.rironsha.com

工藤直子の本

『ともだちは海のにおい』

絵＝長新太

お茶が好きないるかとビールが好きなくじらが、ともだちになった。いっしょに散歩したり、読書したり、あこがれのパリへでかけたり…。『ともだちは緑のにおい』姉妹編。

『てつがくのライオン』

絵＝佐野洋子

「てつがく」が気に入っているライオンの、哲学的な一日を描いた表題作のほか、生き物たち、季節の移ろい、人との出会いをうたう、みずみずしい感性あふれる詩集。

『こどものころにみた空は』

絵＝松本大洋

初めて食べたプリン、ひとりで留守番の夜……感じていたのにうまく言えなかった、子どものころの思いをあざやかにきりとった、どこか懐かしくせつない詩集。

『でんせつ』

絵＝あべ弘士

生き物たちにも、先祖から語りつがれた「伝説」があるとしたら——。暗闇の世界に光の束をもってきて、以来しましま模様になったトラ伝説ほか、ユニークな生命賛歌。

『うたのてんらんかい』

絵＝長新太

とんぼ、どんぐり、初雪、地球……小さな生物から大きな宇宙まで、生きる喜びを、時にユーモラスに、時にしみじみと伝える詩の絵本。

『象のブランコ——とうちゃんと』

父の指をにぎって散歩した幼いころや、働き始めて東京見物に父をよんだときなど、最愛の父との思い出を軸に語る人生の物語。工藤直子の創作の源を感じるエッセイ集。